Pippi Långstrump

長襪皮皮

Astrid Lindgren

pictures by Ingrid Vang Nyman

阿思緹·林格倫 著　　英格麗·凡·奈曼 繪　　姬健梅 譯

目次

導讀

弱者的力量

文／藍劍虹（國立臺東大學兒童文學研究所副教授）

《長襪皮皮》在臺灣已出版多年，但我們真的理解皮皮？現今重譯新版，這是重新認識這位推動兒童權利人物的時刻。

長襪皮皮赫赫有名，但多數讀者將之當成野丫頭。然而，哪怕皮皮擁護者，恐都難以說明，怎有如此不合理的頑童：她毫不思念去世的媽媽（罕見的「失母」兒童？）；彷若客串演出的爸爸，又哪來給她花不完的金幣（哪門子富二代？）。她九歲，沒有奇幻要素加持，更非遺傳，力氣卻大到可以舉起馬、撂倒警察，徒手制伏老虎、鯊魚？整整三部，皮皮完全沒有人物弧線；最後一章，乾脆是〈長襪皮皮不想長大〉。這不是成長小說。

長襪皮皮這人物究竟源從何來？她其實是狂歡節慶的小丑：在日常生活中演出，並顛覆常規的丑角人物。

這打從皮皮一出場就表明了。紅蘿蔔般頭髮、兩根沖天炮辮子、滿臉雀斑，鼻子像小馬鈴薯，黑白大眼，露牙大笑的嘴：逗趣的造型。補丁的服裝和顏色不同的長襪和一雙過大的黑鞋，足足比她的腳大了一倍：標準小丑服裝。別忘了穿衣服戴帽子的猴子尼爾森先生：雜耍藝人必有助手。看看插圖，其形象就如傳統小丑，或卓別林，這位也是於生活中演出的丑角。

她出場時，「一腳走在人行道上，另一腳則走在排水溝裡」，然後「再倒退走回來」，這是開演前招攬觀眾的遊街表演（parade）：小丑高招，以簡單行為（走路）為段子，顛倒行之，就能於平凡中注入驚奇。這成功的吸引湯米和安妮卡進入亂糟糟別墅，她的馬戲團——裡面正有一匹馬。隨後她表演一場早餐秀，經典拋球雜耍，只是球換成雞蛋。當然搞砸，一顆雞蛋沒接在鍋裡，掉在她頭髮上。小丑得出糗來博得眾人訕笑。收尾把戲，拋煎餅，則成功收場：煎餅空中翻一圈再落回鍋中；煎好時，還拋到廚房另一頭，直接落在兩兄妹盤子裡。小丑特技表演，不是嗎？

對皮皮常見的誤解，就是她說謊話，但是，**皮皮從來不說謊**。仔細看看她說的話，如「在巴西，大家都把蛋汁抹在頭髮上，所以那裡都沒有人禿頭」，或在巴達維亞，「那裡有位老先生，他的眼睛紅到連警察都不准他出現在馬路上」「為什麼？」

「因為別人會以為他的眼睛是紅燈啊！」這不是謊話，而是傻話。謊言是用來欺詐的，因此會貌似真話。然而，皮皮說的全是胡扯淡，為了引人發噱和顛覆。瑞典兒童文學研究者 Vivi Edström 說：「皮皮不只是在肢體動作上極具靈活度與創造性，其語言也是，那是**語言的特技雜耍**。」諸種傻話在三冊處處可見，顛覆一般良好教養語言，創造出充滿活力的空間，贏得獨立自主，抗拒成人宰制：「我是個兒童，這裡是我的家，所以這裡就是兒童之家。」

皮皮的顛覆性表現在其力氣大。林格倫不是以大力士，而是以「警察」來比對，「放眼全世界，你再也找不到力氣跟她一樣大的人了，就連警察也比不上她。」這已經不是比力氣的力量，而是：**超越警察所代表的國家建制法權的力量**。然而，此力量從何而來？

人類學家特納指出，「社會階層最低下或邊緣的人，具有一種『**弱者的力量**』。」他們「處於世俗結構外邊的『**沒有地位的地位**』（stateless state），這賦予他批判的權力，從而能夠對所有被限制在結構之內的人進行批判。」他們「能夠嘲笑國王、大臣和領主，卻有著不受制裁的特殊許可」。這就是為什麼皮皮能恣意批判的原因：皮皮就是體罰盛行時代、所有處於沒有地位的小孩代言者。

林格倫一次回應對皮皮的攻擊，指出她親眼目睹，一位母親因為小孩想在櫥窗前多看一會兒，便威脅說：「如果你再不立刻跟上來，我就不讓你回家，然後讓警察來把你抓走！」這就是為什麼林格倫要標舉皮皮的力氣比警察大的根本原因：她要讓皮皮去發動此一弱者的力量來顛覆與解放。

皮皮氣力大，類似拉伯雷《巨人傳》中的巨人小孩。依據社會學家涂爾幹說法，此書表徵文藝復興教育理念，為激起「一場革命，徹底的破壞舊的教育體系，以求一套全新教育系統來取代它，而在**清空場地之前**，你無法築造任何東西」。《林格倫傳》的作者瑪卡列達則說：「皮皮有足夠的炸藥，產生了相當大的爆炸效果，引發某種革命性混亂，等待著從來沒有想過，應該把對孩子的教育與自由結合起來的成年人。」

一九四五年《長襪皮皮》在瑞典激發教育觀念變革，一九五八年瑞典所有教育機構禁止體罰，但不包含家庭。然而，一件長期虐童案引發公民怒吼，林格倫遂於一九七八年發表〈絕不施暴〉，隔年瑞典成為世界第一個**全面禁止**體罰的國家。臺灣二〇〇六年才禁止校園體罰，然而就如幸佳慧在《永遠的林格倫》說，臺灣**仍不是全面**保護兒童身心權利，「全面性」是指包含家庭或任何地方，也不能出於管教之名。如果我們還無法在**法律**層面上達到全面禁止，那我們該重新聆聽皮皮的聲音，「那就有個小女孩要挨打了。」「可憐的孩子！」皮皮說：「是誰？把她帶來找我，讓我來保護她。請記下來！」

人物介紹

長襪皮皮

一個力大無窮的九歲女孩，全名是皮皮洛塔．維多利亞．洛嘉蒂娜．薄荷．長襪。她那一頭紅髮紮成兩條直挺挺的辮子，鼻子像小小的馬鈴薯，臉上長滿密密麻麻的雀斑。她穿著有紅色補丁的藍色洋裝，腿上則是不成對的長襪，還有比腳足足大一倍的黑鞋子。

尼爾森先生

小長尾猴，身上穿著藍褲子和黃背心，頭戴一頂白色草帽。牠是皮皮的寵物，和皮皮一起住在亂糟糟別墅。

湯米和安妮卡

皮皮的鄰居兼好友。這對兄妹可愛、有教養，也很乖巧。哥哥湯米很聽媽媽的話，而且從不咬指甲；妹妹安妮卡即使遇到不如意的事情也從不吵鬧，而且身上穿的棉布洋裝總是維持得平整乾淨。

第一章　皮皮搬進亂糟糟別墅

在一個很小、很小的小鎮邊緣，有一處缺乏整理的老舊庭院，庭院裡矗立著一棟老房子，長襪皮皮就住在這裡，而且整棟屋子裡就只住了她一個人。皮皮今年九歲，她沒有爸爸也沒有媽媽，不過這樣其實也很好，因為她玩得正起勁的時候，不會有人來叫她上床睡覺，也不會有人在她想吃糖果的時候強迫她吃魚肝油。

皮皮曾經有一個爸爸，皮皮非常愛他；她當然也曾經有一個媽媽，但那是好久、好久以前的事，現在她已經記不清楚了。皮皮的媽媽很早就去世了，那個時候皮皮還是個躺在搖籃裡哭個不停的小嬰兒，根本沒人有那個耐性待在她身邊。不過皮皮相信天上的媽媽會透過一個小洞往下看，關注在人間生活的自己，於是她經常抬頭向天空揮手說：「放心！我一個人沒問題！」

皮皮倒是沒有忘記爸爸。她的爸爸是一位駕駛船隻在大海上航行的船長，皮皮曾經跟他一起出海航行，直到有一次遇上了暴風雨，爸爸被狂風吹落海中，就這樣失蹤了。但是皮皮相信爸爸總有一天會回來，他絕對不會在海裡淹死。她想爸爸一定是漂流到一座住著許多原住民的小島上，成了島上的國王，每天戴著一頂金色王冠巡視他的國土。

「我媽媽是天使，我爸爸是南太平洋小島上的國王。天底下有幾個小孩，能像我一樣擁有這麼棒的爸爸媽媽！」皮皮經常得意洋洋的說：「等我爸爸造好一艘船，他就會來接我，到時候我就會成為小島上的公主。耶，那樣的生活該有多棒啊！」

皮皮的爸爸在許多年前買下了這棟矗立在庭院中的老房子。他想等自己老到不能再駕船出海的時候，就和皮皮一起住在這裡。可是後來發生了那樁可怕的意外——他被吹落海裡，於是皮皮先搬進了亂糟糟別墅，等待爸爸回家。

「亂糟糟別墅」是這棟房子的名字，屋裡早已擺放了家具，只等著她入住。

在一個美好的夏夜，她向爸爸船上的水手道別。他們都很喜歡皮皮，而皮皮也很喜歡他們。

「再見了，大家，」皮皮在每個人的額頭上親一下，「放心，我一個人沒問題！」

她從船上帶走了兩樣東西：一隻名叫尼爾森先生的小猴子，這是爸爸送給她的禮物，以及一個裝滿金幣的大手提箱。

船上的水手站在甲板欄杆旁邊，目送皮皮離開，直到她的身影消失在視線之外。皮皮的肩膀上坐著尼爾森先生，手裡提著手提箱，腳踩著堅定的步伐，頭也不回的走了。

看著皮皮的身影消失在遠方，一名水手擦掉一滴眼淚，開口說：「真是個特別的孩子。」

他說得沒錯，皮皮的確是個特別的孩子。她最特別的地方就是力大無窮，放眼全世界，你再也找不到力氣跟她一樣大的人了，就連警察也比不上她。只要她想，她能夠舉起一匹馬，而她也確實想要這麼做。皮皮擁有一匹馬，在她搬進亂糟糟別墅的那一天，她用一枚金幣買下了牠。她一直想要擁有一匹屬於自己的馬，而這匹馬現在就住在亂糟糟別墅的門廊上。不過，如果皮皮想在門廊上喝咖啡，她就會把馬舉起來抬到院子裡。

亂糟糟別墅的旁邊，有另一個庭院和另一棟房子，那棟房子裡住著爸爸、媽媽，還有一男一女兩個好孩子。男孩名叫湯米，女孩名叫安妮卡，這兩個小孩很可愛，很有教養，也很乖巧。湯米從不咬指甲，而且很聽媽媽的話；安妮卡從不吵鬧，哪怕事情不如她的意，而且她穿的棉布洋裝熨燙得平平整整，看起來很乾淨，她也會小心不要把身上弄髒。湯米和安妮卡乖巧的在家裡的

庭院玩耍，但是他們經常希望能再有一個玩伴。皮皮之前跟爸爸一起在大海上航行的時候，湯米和安妮卡偶爾會站在院子裡的籬笆旁說：

「沒人搬進那棟房子真可惜，如果裡面住著有小孩的人家，那該多好啊。」

在那個美好的夏夜，皮皮第一次走進亂糟糟別墅的家門時，湯米和安妮卡剛好不在家。他們去奶奶家作客一個星期，所以不知道有人搬進了隔壁的別墅。在他們回家後的第一天，當他們站在庭院門口看向馬路，他們依然不知道有個玩伴就在附近。

他們想著等一下要玩什麼？想著今天會不會發生什麼有趣的事？說不定今天是無聊的一天，是那種什麼點子都想不出來的日子。這個時候，亂糟糟別墅的大門打開了，一個小女孩從屋裡走了出來。湯米和安妮卡從沒見過這麼奇怪的小孩，而那個小孩，就是晨間出門散步的長襪皮皮。她的模樣看起來是這樣的：她的髮色跟胡蘿蔔一樣紅，緊密的紮成兩條直挺挺的辮子。鼻子的形狀像是一顆小小的馬鈴薯，臉上長滿了密密麻麻的雀斑。鼻子下面是一張很大的嘴巴，嘴裡是兩排健康的白牙。她身上的衣服也很奇怪，不過那是皮皮自己縫製的。本來她想縫一件藍色的衣裳，但是藍色的布料不夠，她就用小片的紅布東補一塊、西補一塊。她又瘦又長的腿上穿著一雙長襪，一隻是黑色，另一隻則有條紋圖案。她還穿了一雙足足比她的腳大一倍的黑鞋子，這雙鞋子是她爸爸在南美洲買的，好讓她長大以後還能繼續穿，而且皮皮從來不穿其他的鞋子。

真正讓湯米和安妮卡驚訝得睜大眼睛的，是坐在這個陌生女孩肩膀上的猴子。那是一隻小長尾猴，身上穿著藍褲子和黃背心，頭戴一頂白色的草帽。

皮皮沿著門前的馬路前進，她一腳走在人行道上，另一腳則走在排水溝裡。湯米和安妮卡一路目送她的身影，直到再也看不見為止。過了一會兒，她回來了，不過這次是倒退著走，這樣一來，她不必掉頭就能走回家。她在經過湯米和安妮卡家門口的時候停下腳步，三個孩子默默的看著彼此，最後湯米開口詢問：

「妳為什麼要倒著走路？」

「我為什麼要倒著走路？」

皮皮說：「我們不是生活在一個自由的國家嗎？我不能想怎麼走就怎麼走嗎？而且我要告訴你，在埃及，大家都是這樣走路的，沒人覺得這有什麼好大驚小怪。」

「妳怎麼知道？」湯米問：「妳沒去過埃及吧？」

「我沒去過埃及？噢，信不信由你！我走遍了全世界，見過比倒著走路更奇怪的事。我真想知道，如果我像印度內陸的人一樣倒立著用雙手走路，你會說什麼？」

「妳在說謊。」湯米說。

皮皮想了一下。

「你說對了，我在說謊。」她洩氣的說。

「說謊很不好。」安妮卡終於敢開口說話了。

「對，說謊很不好，」皮皮比剛才更沮喪了，「但我有時候會忘記這件事。我媽媽是天使，我爸爸是南太平洋一座小島上的國王，而我這輩子都在大海上航行，像我這樣的小孩，你怎麼能指望她總是說實話呢？」接著，她那張長滿雀斑的臉上再度綻放笑容，她繼續說：「而且我告訴你們，在剛果，沒有一個人會說實話，他們整天都在說謊，從早上七點一直說到太陽下山才停止。所以，如果我偶爾說了謊話，還請你們多多包涵，這都是因為我在剛果待了太久。不過，我們還是可以做朋友，對不對？」

「當然囉。」湯米忽然察覺到，今天肯定不會無聊。

「對了，你們要不要來我家吃早餐？」皮皮問。

「好啊，」湯米說：「為什麼不呢？走吧，我們去！」

「對，」安妮卡說：「現在就去。」

「但是我要先介紹尼爾森先生給你們認識。」皮皮說。那隻小猴子脫下帽子，彬彬有禮的鞠了個躬。

他們穿過亂糟糟別墅破舊的庭院大門，沿著碎石小路前進，路旁長著幾棵老樹，樹幹上長著苔蘚，看起來非常適合攀爬。接著他們走上別墅的門廊，門廊上站著一匹馬，正從一個湯碗裡吃燕麥。

「天哪，妳家門廊上怎麼會有一匹馬？」湯米問。因為他認識的馬都住在馬廄裡。

「沒辦法啊，」皮皮想了一下，「牠在廚房裡只會擋路，但是牠又不喜歡待在客廳。」

湯米和安妮卡摸了摸那匹馬，然後走進屋裡。屋內有一間廚房、一個客廳和一間臥室，不過皮皮似乎是忘了在週末把屋子打掃乾淨。

湯米和安妮卡小心的四處張望，因為那個南太平洋小島的國王很可能就坐在房間的某個角落，而他們這輩子還沒有見過南太平洋小島上的國王呢。但是看來看去，他們一直沒有看見皮皮的爸爸，也沒有看見她的媽媽。安妮卡擔心的問：

「妳一個人住在這裡嗎？」

「當然不是，尼爾森先生和那匹馬也住在這裡。」

「喔，我的意思是妳的爸爸、媽媽不住這裡嗎？」

「對，他們不在。」皮皮笑嘻嘻的說。

「那麼晚上是誰叫妳上床睡覺？誰來告訴妳該做什麼事呢？」安妮卡問。

「我自己啊，」皮皮說：「我會先客客氣氣的說一次，如果不聽話，我就會凶起來再說一次，如果我還是不聽話，那我就要挨揍了。」

湯米和安妮卡並沒有真的聽懂，但是他們認為這個辦法也許很實用。現在，他們走進了廚房，皮皮大喊：

「**現在我們要烘煎餅！**

現在我們要吃煎餅！

現在我們要大嚼煎餅！」

說著，她拿起三顆雞蛋往空中一扔。一顆掉在她頭上摔破了，蛋黃流進她的眼睛，但是她靈活的用鍋子接住了另外兩顆，雞蛋破在鍋子裡。

「聽說蛋黃對頭髮很好，」皮皮一邊說一邊擦掉眼睛裡的蛋黃，「你們等著瞧吧，我的頭髮會長得又快又濃密。在巴西，大家會把蛋汁抹在頭髮上，所以那裡都沒有人禿頭。只有一個瘋狂的老人，他居然把雞蛋全部吃掉沒有拿來抹頭髮，結果就成了一個大光頭。每次他出現在街上，大家都會跑來看熱鬧，還得出動警察維持秩序呢。」

皮皮一邊說一邊熟練的用手指把蛋殼從鍋子裡揀出來。接著她從牆上拿下洗澡用的刷子，快速攪拌做煎餅的麵糊，飛濺的麵

MJÖL

糊把周圍的牆面噴得到處都是。最後，皮皮把剩下的麵糊倒進爐子上的平底鍋。

等煎餅的其中一面煎好了，她把煎餅高高拋起，在空中翻了個面，再用平底鍋接住。等煎到兩面熟透，再把煎餅拋出去，飛越廚房的煎餅就這樣直接落到桌上的盤子裡。

「吃吧，」她大聲說：「快趁熱吃！」

湯米和安妮卡大快朵頤，覺得煎餅真是美味可口。

吃完煎餅，皮皮請他們移動到客廳。客廳裡只擺放了一件家具，是個有許多小抽屜的巨大五斗櫃。皮皮打開那些抽屜，把她收藏的寶貝全拿出來給湯米和安妮卡看。裡頭有罕見的鳥蛋、奇特的蝸牛殼和石頭、漂亮的小盒子、美麗的銀色鏡子和珍珠項鍊，還有其他許許多多的東西，都是皮皮和她爸爸環遊世界的時候買的。

皮皮送她的新朋友一人一件小禮物當作紀念。湯米得到一把短劍，劍柄是閃亮的珍珠母貝。安妮卡得到一個小盒子，盒蓋上鑲著粉紅色的貝殼，裡面還有一枚鑲著一顆綠色石頭的戒指。

「你們該回家了，」皮皮說：「這樣明天才能再來。如果你們不回家，變得沒辦法再來玩，那就太可惜了。」

湯米和安妮卡也這麼覺得，於是便起身回家。他們先經過門廊上的那匹馬，這時馬已經吃光了燕麥，再穿過亂糟糟別墅的庭院大門。當他們離開的時候，尼爾森先生還揮了揮帽子跟他們道別。

第二章　皮皮成了找東西大王，還打了一架

第二天早晨，安妮卡早早就醒了。她趕緊跳下床，踮著腳尖去找湯米。

「湯米，起床，」安妮卡搖著他的手臂說：「快醒來，我們要去找那個穿著大鞋子的怪女孩。」

湯米立刻清醒了。

「我睡覺的時候就知道今天會發生有趣的事，只是想不起來是什麼事。」他脫掉睡衣，兄妹倆一起走進浴室刷牙洗臉，動作比平常還要快。他們興高采烈的迅速穿好衣服，從樓梯扶手上溜下樓，正好降落在放了早餐的餐桌旁。一落坐，他們就嚷著要喝熱巧克力，時間比媽媽預料的整整提早了一個小時。

「你們急急忙忙的，是打算做什麼呢？」媽媽問。

「我們要去隔壁找那個新搬來的女孩。」湯米說。

「我們也許會在那裡待一整天。」安妮卡說。

這天早上，皮皮打算要烤薑餅。她在廚房地板上，擀開一個超大的麵團。

「你也知道，」皮皮對她的小猴子說：「一個烤盤能有多大呢？我至少要烤五百片薑餅？」

於是她趴在地板上，專心的用模子切出一個又一個薑餅。

門鈴聲響起的時候，她正說著：「尼爾森先生，不要一直踩到麵團呀。」

皮皮跑去開門，她全身上下都沾到了白白的麵粉，活像是個磨麵粉的工人。當她親切的跟湯米和安妮卡握手時，兄妹倆彷彿被籠罩在一片如雲似霧的麵粉裡。

「你們來看我真是太好了。」皮皮一邊說一邊抖了抖她的圍裙，於是又升起了一片麵粉雲。湯米和安妮卡吸進太多麵粉，忍不住咳了起來。

「妳在做什麼？」湯米問。

「嗯，你這麼聰明，如果我說我正在清掃煙囪，你八成不會相信，」皮皮說：「其實我正在烤薑餅，不過我就快弄好了。你們先在裝柴火的木箱上坐一下吧。」

皮皮的動作真快！湯米和安妮卡坐在木箱上，看著她切割麵團，把薑餅扔到烤盤上，再把烤盤甩進烤箱。他們覺得眼前的畫面簡直就像是看電影。

「好了。」皮皮說著把最後一個烤盤抽出來，然後「砰」的一聲關上烤箱的門。

「現在我們要做什麼？」湯米問。

「我不知道你們想做什麼，」皮皮說：「但是我可不會懶洋洋的什麼都不做，因為我是個找東西大王，一刻也閒不住。」

「妳說妳是什麼？」安妮卡問。

「一個找東西大王。」

「那是什麼？」湯米問。

「就是很會找東西的人啊，不然你認為是什麼？」皮皮一邊說，一邊把剩下的麵粉掃成一小堆，「世界上到處都有好東西，需要有人去找出來，這就是找東西大王的任務。」

「什麼樣的東西？」安妮卡問。

「喔，就是各式各樣的東西呀，」皮皮說：「像是金塊、鴕鳥羽毛、死老鼠、聖誕拉炮，還有小螺絲帽之類的東西。」

湯米和安妮卡覺得這聽起來很不錯，他們也想要成為找東西大王，但是湯米希望能找到金塊，而不是小螺絲帽。

「我們等著瞧吧，」皮皮說：「反正一定會找到什麼。但是動作要快，免得有其他找東西大王，搶先把附近的金塊都撿走了。」

三個找東西大王就這樣出發了。他們認為最好先從這幾棟別墅的周圍開始找，因為皮皮說過，即使在森林深處，也可能只會發現一個螺絲帽，因為最好的東西幾乎都是在有人居住的地區找到的。

「話說回來，」皮皮說：「我也碰到過相反的情況。有一次我在婆羅洲的叢林裡找東西，在那片從來沒有人去過的雨林裡，你們猜我找到了什麼？是一條很棒的木腿！後來我把它送給一個只有一條腿的老人，他說這麼好的木腿有錢也買不到喔。」

湯米和安妮卡近距離觀察皮皮，學習找東西大王應該怎麼行動。皮皮從馬路的一邊跑到另一邊，還把手舉在眉毛上方四處張望。有時候她會用膝蓋爬行，把手伸進籬笆的木條縫隙，然後失望的說：

「真是奇怪，我明明看見了一個金塊！」

「找到的東西真的可以拿走嗎？」安妮卡問。

「是啊，躺在地上的東西都可以拿。」皮皮說。

不遠處，有一位老先生躺在家門前的草地上睡覺。

「那個人躺在地上，」皮皮說：「我們找到了他，快去帶走他吧！」

湯米和安妮卡嚇壞了。

「皮皮，不行不行，我們不能把人帶走，」湯米說：「再說，帶走他有什麼用呢？」

「有什麼用？他的用處可多了。我們可以把他塞進兔籠裡，餵他吃蒲公英的葉子。不過要是你們不願意就算了，我無所謂。雖然我不太甘心讓別的找東西大王偷走他。」

他們繼續往前走，但是皮皮忽然大叫一聲。

「噢，我從沒見過這種好東西！」她大喊著從地上拾起一個生銹的舊鐵罐，「看看我找到什麼！這真是好啊！罐子永遠不嫌多。」

湯米看著罐子，有點懷疑的說：「這有什麼用？」

「噢，它的用處可多了，」皮皮說：「如果把餅乾放進去，它就成了一個很棒的『有餅乾的罐子』。如果不放餅乾進去，它就是個『沒有餅乾的罐子』，雖然沒那麼棒，但還是有用處呀。」

她打量著罐子，它實在生銹得很嚴重，底部還破了一個洞。

「看樣子，它只能當個『沒有餅乾的罐子』了，」皮皮一邊想一邊說：「但是我也可以把它罩在頭上，假裝天黑了。」說著，她把罐子罩在頭上，像一座小小的鐵塔在附近走來

走去，直到她被一個圍籬的鐵絲網絆倒，摔了個倒栽蔥。鐵罐碰到地面的時候，發出了一聲哐噹巨響。

「看吧，」皮皮把罐子從頭上拿下來，「假如我沒有戴著它，那麼摔倒的時候臉就會撞到地面，跌得鼻青臉腫。」

「妳說得對，」安妮卡說：「但妳要是沒有戴著這個罐子，就不會被鐵絲網絆倒了。」

安妮卡還沒有把話說完，皮皮又發出了一聲歡呼，得意洋洋的舉起一個空線軸。「看來今天是我的幸運日，」她說：「這麼可愛的小線軸，可以拿來吹肥皂泡，也可以用一條繩子穿過去，戴在脖子上當項鍊。我要馬上回家去試試看。」

就在這時候，一個庭院的門打開了，有名小男孩衝了出來。他看起來很害怕，不過這也難怪，因為有五個男孩緊追在他身後。他們很快就追上了男孩，把他按在籬笆上，五個人全都朝他撲過去，一起動手打他。小男孩哭了起來，舉起手臂保護自己的臉。

「兄弟們，讓他好看！」個子最高最壯的男孩大喊：「讓他再也不敢到這條街上來。」

「噢，」安妮卡說：「他們在欺負小威。他們怎麼這麼壞！」

「是那個討厭的班特，他老是愛打架，」湯米說：「而且還五個打一個，真是沒用！」

皮皮走到那些男生旁邊，用食指敲了敲班特的背。

「嘿，」她說：「你們五個人一起動手，難道是想把小威打成肉醬嗎？」

班特轉過身，看到一個他從來沒有見過的女生，而且這個陌生女孩居然敢敲他的背。起初他驚訝得目瞪口呆，過了一會兒才咧嘴笑了起來。

「兄弟們，」他大喊：「放開小威吧，來看看這個丫頭。你們這輩子一定沒有見過這種女生！」

班特拍著膝蓋放聲大笑，那幾個男生立刻包圍了皮皮，只有小威擦乾眼淚後，小心翼翼的走到湯米身旁。

「你們看到她的頭髮嗎？紅得簡直像火一樣！還有她的鞋子！可以借一隻給我嗎？我很想去划船，可惜我沒有小船，正好借妳的鞋子來用。」

他伸手抓住皮皮的其中一根辮子，接著又立刻鬆手大喊：

「哎呀，燙到我的手了！」

那五個男生圍住皮皮，邊跳邊叫：

「小紅帽！小紅帽！」

皮皮笑嘻嘻的站在他們圍起來的圓圈中。班特原本希望她會生氣或是哭出來，至少也應該要露出害怕的樣子，但是眼看這些嘲弄都沒有效果，他便伸手推了皮皮一把。

「我覺得你對女士不太有禮貌。」皮皮說。

話一說完，皮皮就用她強壯的手臂把班特舉到半空中，抬著他走到一旁的樺樹下，把他掛在一根樹枝上。接著，她把第二個男生抬起來掛上另一根樹枝，再抬起第三個男生，把他擱在一棟別墅前面的門柱上。第四個男生被她抓起來扔出去，飛過一道籬笆落在一個花圃裡，最後一個男生則被她塞進路邊的小小玩具推車內。在那之後，皮皮、湯米、安妮卡，還有小威，就站在原地看著那五個男生，他們都嚇得說不出話來。

皮皮說：「你們很沒用。五個打一個，真是膽小鬼。然後你們居然還想欺負一個沒人保護的小女孩，真是壞透了！」

她轉頭向湯米和安妮卡說：「走吧，我們回家。」接著又對小威說：「如果他們再欺負你，你就直接來跟我說。」

班特坐在樹上一動也不敢動，皮皮對他說：「如果你對我的頭髮或鞋子還有什麼意見，最好趁我回家之前趕快說。」

不過班特對於皮皮的鞋子或頭髮，已經沒有什麼話想說了。於是皮皮一手拿起鐵罐，一手拿著線軸，直接轉身離開，湯米和安妮卡也跟在她後面離去。

等他們回到皮皮家的庭院，皮皮說：

「唉，我的好朋友，我找到了兩件很棒的東西，你們卻什麼都沒找到，真可惜！你們應該再找一下才對。湯米，你要不要去那邊那棵老樹看一看？老樹通常是最好的尋寶地點。」

湯米不認為自己和安妮卡能找到什麼寶物，但是為了讓皮皮高興，他把手伸進樹幹上的一個凹洞。

「不會吧！」他驚訝的把手抽出來。他的手裡拿著一本漂亮的皮革記事本，上面還有個筆套，裡頭插著一枝小小的銀色原子筆。

「這真是奇怪。」湯米說。

「看吧！」皮皮說：「沒有比找東西大王更好的職業了。奇怪的是沒什麼人想做這一行，大家都想當木匠、鞋匠，或是清掃煙囪的人，卻沒有興趣當找東西大王。」

然後她對安妮卡說：

「妳怎麼不去那根老樹樁底下摸摸看呢？老樹樁底下幾乎都能找到好東西。」

安妮卡把手伸進去，一下子就拿到了一條紅色珊瑚項鍊。她和湯米實在太驚訝了，目瞪口呆的站在原地好一會兒，心想，從今以後他們每天都要當找東西大王。

現在皮皮突然覺得睏了，因為昨天晚上她玩球玩到大半夜。

「我想我得去小睡一下，」她說：「你們能不能一起進來，替我蓋被子？」

皮皮坐在床邊脫掉鞋子的時候，看著她的鞋子想起了一件事：

「哼，那個班特說他想要划船，」她不屑的哼了一聲，「下一次，我會教他划船的！」

「對了，皮皮，」湯米恭敬的問：「妳為什麼會有這麼大雙的鞋子？」

「這樣我才能扭動腳趾頭

呀。」皮皮回答完，便躺下來準備睡覺。

她睡覺的時候總是把腳擱在枕頭上，並且把頭埋在被子下。「在瓜地馬拉，大家都是這樣睡覺，」皮皮向他們保證，「這是唯一正確的睡覺方式。這樣一來，我在睡覺的時候也能扭動腳趾頭。」接著她又說：「你們沒有搖籃曲也睡得著嗎？我一定要先唱一會兒搖籃曲給自己聽，不然我就睡不著。」

湯米和安妮卡聽見被子底下傳來哼唱的聲音，那是皮皮在唱歌哄自己入睡。他們躡手躡腳的溜出房間，以免吵到皮皮。他們在房間門口轉身，往床上看最後一眼，不過他們只能看到皮皮擱在枕頭上的腳。

皮皮就這樣躺在床上，大力扭動著腳趾頭。

湯米和安妮卡蹦蹦跳跳的回家，而且安妮卡手裡緊緊抓著那串珊瑚項鍊。

鎮上的人很快就知道了，有個九歲小女孩獨自住在亂糟糟別墅裡。鎮上的叔叔阿姨認為這樣絕對不行，因為所有小孩都必須有大人管教，而且所有小孩都得去上學，並且學習算術。因此，鎮上所有的父母決定，亂糟糟別墅裡的小女孩，必須馬上住進兒童之家。

皮皮在一個風和日麗的下午，邀請湯米和安妮卡來家裡喝咖啡、吃薑餅。她把咖啡和點心擺在門廊臺階上，那裡陽光燦爛，而且院子裡的花朵芳香撲鼻。尼爾森先生在門廊欄杆爬上爬下，那匹馬偶爾會把嘴伸出來討一片薑餅吃。

「活著真是快樂。」皮皮把一雙腿伸得長長的。

就在這個時候，兩個身穿全套制服的警察，穿過庭院大門走了進來。

「噢，」皮皮說：「今天想必又是我的幸運日。在我認識的東西裡，警察是最棒的——只排在用大黃熬煮的甜粥後面。」她滿臉笑容的走向兩位警察。

「妳就是搬進亂糟糟別墅的小女孩嗎？」一個警察問。

「不是喔，」皮皮說：「我是住在鎮上另一邊三樓的矮小大嬸。」

皮皮只是想開個玩笑，但是那兩個警察覺得一點也不好笑。他們說皮皮不該開玩笑，然後說鎮上的好心人已經想辦法替皮皮在兒童之家找到了一

個位置。

「我已經住在兒童之家了。」皮皮說。

「妳說什麼？這件事已經辦好了嗎？」一個警察問：「那個兒童之家在哪裡？」

「就在這裡啊，」皮皮得意的說：「我是個兒童，這裡是我的家，所以這裡就是兒童之家。我在這裡有位置，而且位置多得很。」

「孩子啊，」警察笑著說：「這妳就不懂了。妳必須去真正的兒童之家，妳需要有人照顧。」

「你們的兒童之家可以養馬嗎？」皮皮問。

「不行，當然不行。」警察說。

「我想也是，」皮皮失望的說：「那猴子呢？」

「妳應該了解，這當然也不行。」

「好吧，」皮皮說：「那你們只好去別的地方替兒童之家找孩子了，我不打算去那裡。」

「難道妳不明白妳應該要去上學嗎？」警察說。

「為什麼要上學呢？」

「當然是為了學習各種知識啊。」

「哪種知識？」皮皮問。

「很多種，」警察說：「各種有用的知識，像是九九乘法。」

「我沒有學過『久久纏法』，也好好的活到了九歲，」皮皮說：「所以以後也不必學。」

「可是妳要想一想，如果妳什麼都不懂，等妳長大了，不會覺得很難為情嗎？也許會有人問妳葡萄牙的首都在哪裡，妳卻答不出來。」

「誰說我答不出來，」皮皮說：「我會回答那個人：如果你這麼想知道葡萄牙的首都在哪裡，那就直接寫信去葡萄牙問個清楚！」

「可是妳不知道答案，不會覺得難為情嗎？」

「是有可能，」皮皮說：「也許我夜裡會躺在床上睡不著，一直問自己：葡萄牙的首都到底在哪裡？唉，人不可能都沒有煩惱嘛，」皮皮一邊說一邊用雙手倒立，「順便說一下，我跟爸爸去過里斯本。」她倒立著繼續說，因為她在倒立時也能說話。

可是另一個警察說話了，他要皮皮別以為自己可以想怎麼樣就怎麼樣。她得跟他們去兒童之家才行，而且是馬上！他走向皮皮，抓住了她的手臂。但是皮皮很快就掙脫了，還用手指輕輕戳他說：

「來抓我啊！」

那個警察還來不及反應，皮皮就跳上門廊的欄杆，沒兩、三下就爬上了門廊上方的陽臺。兩個警察不想跟在她後面爬上去，於是跑進屋裡爬樓梯上樓。可是等他們到達陽臺，皮皮已經快爬上屋頂了。她攀爬的身手像猴子一樣靈活，一轉眼就爬上了屋脊，然後又迅速跳上煙囪。兩個警察站在下方的陽臺上，傷腦筋的搔頭抓耳，湯米和安妮卡則站在草地上，仰頭看著皮皮。

「抓人遊戲真好玩！」皮皮大喊：「你們來這裡陪我玩真好。沒錯，今天也是我的幸運日。」

兩個警察考慮了一下，便下樓去拿梯子架在屋子的外牆上。現在他們一前一後的爬上梯子，要去屋頂帶皮皮下來。可是當他們爬上屋脊時，看起來似乎有點害怕。他們努力保持平衡，朝皮皮走過去。

「別害怕，」皮皮大喊：「這不危險，而且很好玩！」

等到警察距離皮皮只差兩步的距離，她趕緊從煙囪上跳下

來，邊叫邊笑的沿著屋脊跑向屋子另一邊的外牆，在距離房屋幾公尺遠的地方長著一棵樹。

「現在我要跳囉！」皮皮大喊一聲，接著往下跳進綠色的樹梢。她抓住一根樹枝，來回搖擺了一下才降落到地面。然後她跑到架著梯子的牆邊，拿走了梯子。

看見皮皮從屋頂上往下跳的時候，兩個警察有點驚訝，可是當他們努力保持平衡沿著屋脊往回走，想要攀著梯子爬到地面的時候，更是驚訝得不得了。他們氣壞了，對著站在下面看他們的皮皮大吼，要她立刻把梯子拿回來，否則就要她好看。

「你們為什麼這麼生氣？」皮皮用責備的口氣詢問：「我們只是在玩抓人遊戲嘛，應該要好好相處才對呀。」

兩個警察考慮了一下，最後，其中一個警察尷尬的說：

「呃……可以麻煩妳把梯子架起來，讓我們爬下去嗎？」

「當然可以，」皮皮立刻把梯子架好，「我們還可以舒舒服服的一起喝杯咖啡。」

但是那兩個警察實在很狡猾，他們一下來就朝著皮皮衝過去，大喊：「妳這個臭丫頭，現在該受點教訓了！」

不過皮皮說：

「現在我沒空陪你們玩下去了，雖然我承認這樣玩很有趣。」

她伸手抓住兩名警察的腰帶，把他們高高舉起，沿著院子裡的小徑穿過庭院大門，把他們放在馬路上。他們嚇得動彈不得，過了好一會兒才能移動腳步。

「等一下！」皮皮大喊著跑進廚房，拿了幾片心形薑餅出來。「你們想嘗一嘗嗎？」她和氣的問：「餅乾稍微烤焦了，應該沒關係吧？」

然後她走回湯米和安妮卡身邊。兄妹倆睜大眼睛站在原地看得目瞪口呆，兩個警察則急忙跑回鎮上去告訴所有爸爸、媽媽：皮皮不適合去兒童之家。他們絕口不提自己爬上屋頂的事，那些爸爸、媽媽也認為讓皮皮繼續住在亂糟糟別墅也許是最好的選擇。如果她想要上學，她可以自己想辦法。

皮皮、湯米和安妮卡度過了一個非常愉快的下午，他們繼續喝咖啡，皮皮吃掉了十四片薑餅，然後她說：

「那兩個人不是我心目中真正的警察，完全不是！他們太多話了，說什麼兒童之家，又說什麼久久纏法還有里斯本。」

皮皮把馬從門廊上抬下來，三個人一起騎馬。安妮卡本來不敢騎，可是看見湯米和皮皮騎在馬上有多麼開心，便要求皮皮也把她抱到馬背上。那匹馬在院子裡繞著圓圈小跑，湯米唱起歌來：

「吵吵鬧鬧的瑞典人來囉！」

晚上上床睡覺的時候，湯米說：「安妮卡，妳覺不覺得皮皮搬到這裡來真好？」

「當然嘍。」安妮卡說。

「我都不記得她搬來以前我們玩些什麼了。妳還記得嗎？」

「喔，我們會玩槌球之類的遊戲，」安妮卡說：「但是我覺得跟皮皮、馬，還有猴子一起玩要有趣多了。」

第四章　皮皮上學去

湯米和安妮卡當然要去上學。每天早上八點，他們會把課本夾在手臂下，手牽著手走路去學校。

他們去上學的時候，皮皮通常都在替馬刷毛，或是替尼爾森先生穿上牠的小西裝，要不然就是做她的晨間體操——先直挺挺的站在地上，再連續翻四十三個筋斗。做完體操，她會坐在廚房餐桌上，悠閒的喝下一大杯咖啡，搭配一塊起司麵包。

湯米和安妮卡每天早上去上學的時候，都眼巴巴的看向亂糟糟別墅，希望自己能夠走進去和皮皮一起玩。假如皮皮可以和他們一起去上學，上學這件事可就有趣多了。

「想想看，假如我們三個可以一起走路回家，該多有趣呀。」湯米說。

「對啊，三個人一起走路上學也會很有趣。」安妮卡說。

他們愈想愈覺得皮皮不去上學實在太無趣了，於是決定勸皮皮和他們一起去學校。

某一天的下午，兄妹倆在做完功課後去亂糟糟別墅作客，湯米故意對皮皮說：「妳都不知道我們的老師有多好。」

「妳都不知道學校有多好玩，」安妮卡說：「要是不能去上學，我會瘋掉的。」

皮皮坐在凳子上，在一個盆子裡洗腳。她沒有說話，只是扭動著腳趾頭，把盆裡的水都濺出來了。

「我們也不必在學校待太久，只需要待到下午兩點。」湯米繼續說。

「是啊，而且我們還有聖誕假期、復活節假期和暑假。」安妮卡說。

皮皮一邊思考一邊啃咬她的大拇趾，但還是繼續默默的坐著。忽然，她把整盆水潑到地板上，把尼爾森先生的褲子都弄溼了，因為牠正坐在地板上玩一面鏡子。

「真不公平，」皮皮板著臉說，沒有去理會因為褲子弄溼而焦急的尼爾森先生，「這太不公平了，我不能接受！」

「什麼事不公平？」湯米問。

「再過四個月就是聖誕節了，到時候你們有聖誕假期，可是我呢？我有什麼？」皮皮的聲音聽起來很悲傷，「沒有聖誕假期，連一點點聖誕假期都沒有，」她抱怨著，「這樣不行，明天我就去上學。」

湯米和安妮卡興奮的拍手。「太好了！明天早上八點，我們在家門口等妳。」

「不行不行，」皮皮說：「這麼早我起不來。再說，我要騎馬去學校。」

皮皮說到做到。第二天早上十點整，她把她的馬從門廊上抬下來，過了一會兒，小鎮上的人們全都衝到窗前，看是哪匹馬跑走了。他們以為那匹馬是自己跑走的，但那只是皮皮趕著去上學而已。

她快馬加鞭的衝進操場，馬還沒停住她就從馬背上跳下來，把馬拴在一棵樹下，然後「砰」的一聲打開教室的門，嚇得湯米、安妮卡和班上同學全都從椅子上跳了起來。

「哈哩哈囉！」皮皮粗聲粗氣的揮動她那頂大帽子，「我是不是剛好趕上學習久久纏法？」

湯米和安妮卡已經跟老師說過，有一個名叫長襪皮皮的新生會來上學，老師在鎮上也已經聽說過皮皮的事。這位老師很有愛心也很和氣，她決定要盡一切努力讓皮皮喜歡上學。

皮皮沒有等別人叫她坐下，就一屁股坐在一個空位上。老師並不介意皮皮這樣隨隨便便的行為，只是很和氣的說：

「皮皮，歡迎來上學。希望妳會喜歡上學，也希望妳學到很多東西。」

「好，我希望我會有聖誕假期，」皮皮說：「我就是為了這個才來上學的，公平最重要！」

「請先告訴我妳的全名，我要在點名簿上登記。」

「我的全名是皮皮洛塔・維多利亞・洛嘉蒂娜・薄荷・長襪，是艾弗朗・長襪船長的女兒，從前他是海上霸王，現在是南太平洋小島上的國王。皮皮其實是我的小名，因為爸爸覺得皮皮洛塔這個名字太長了。」

「喔，」老師說：「那我們也叫妳皮皮吧。但是現在先讓我們來看看妳知道些什麼好嗎？妳是個大女孩，一定已經知道很多事情了。我們先從算術開始。嗯，皮皮，妳可以告訴我7加5等於多少嗎？」

皮皮驚訝又生氣的看著老師說：「喔，如果妳自己不知道答案的話，別以為我會告訴妳。」

全班同學都吃驚的看著皮皮。老師向她說明，在學校不可以這樣回答，也不可以用「妳」來稱呼老師，而是要用「老師」和「您」。

「對不起，」皮皮後悔的說：「我不知道這件事，下次不會了。」

「我也這麼希望，」老師說：「現在我告訴妳7加5等於12。」

「看吧，」皮皮說：「妳明明知道答案，為什麼還要問我呢？啊，我這個笨蛋，我又說『妳』了，對不起。」說著，她狠狠掐了一下自己的耳朵。

老師決定不跟皮皮計較，而是繼續考她。

「那麼，皮皮，妳認為8加4等於多少呢？」

「大概是67吧。」皮皮說。

「不對，」老師說：「8加4等於12。」

「不行不行，小姐，這太扯了，」皮皮說：「剛才妳說過7加5等於12，那麼8加4怎麼也等於12呢？凡事都要照規矩來嘛，就算是在學校裡也一樣。再說，如果妳這麼喜歡做這種蠢事，妳乾脆一個人去坐在角落裡計算好了，不要來煩我們，好讓我們可以玩抓人遊戲——哎呀，糟了，我剛剛又說了『妳』！」皮皮氣急敗壞的大喊：「可以再原諒我最後一次嗎？下次我會想辦法記住。」

老師說自己願意原諒皮皮，但是她認為再教皮皮算術也沒有什麼意義，於是便去問班上其他的學生。

「湯米，你能回答這個問題嗎？如果莉莎有七顆蘋果，而安東有九顆，那麼他們合起來總共有幾顆蘋果？」

「是啊，湯米，你快說吧，」皮皮插嘴，「這樣一來，你也可以告訴我為什麼莉莎會肚子痛，而安東的肚子痛得更厲害，這都是誰的錯？還有，他們的蘋果是從哪裡偷來的？」

老師假裝什麼都沒聽見，又去問安妮卡。

「安妮卡，現在請妳回答這一題：古斯塔夫和朋友一起去郊遊，他出發的時候身上有一百塊錢，回來的時候只剩下七塊錢，那麼他花掉了多少錢呢？」

「對，」皮皮說：「我也想知道他為什麼這麼浪費，是不是買了汽水？還有他出門的時候有沒有把耳朵洗乾淨？」

老師決定不要上數學了，她想皮皮也許會覺得閱讀課更有趣，於是她拿出一張漂亮的小圖片，圖片上面畫著一隻刺蝟，而且刺蝟的鼻子前面還寫著字母「i」。

「皮皮，我要讓妳看個有趣的東西，」老師很快的說：「妳看這裡有一隻刺蝟，牠前面這個字母叫作『i』[1]。」

「噢，我才不信呢，」皮皮說：「我覺得那看起來像是一條直線，上面有一粒小小的蒼蠅屎。我實在很想知道，刺蝟跟蒼蠅屎有什麼關係。」

老師拿出另一張圖片，圖上畫著一條蛇，然後她告訴皮皮，蛇在瑞典文的第一個字母是「O」[2]。

「說到蛇啊，」皮皮

說：「我永遠不會忘記我在印度和一條大蟒蛇搏鬥過。你們沒辦法想像那條蛇有多可怕，牠足足有十四公尺長，而且像蜜蜂一樣凶巴巴的，每天都要吃掉五個印度人，再吃掉兩個小孩當甜點。有一次，牠想把我當成甜點吃掉，於是就用身體纏住我，用力擠呀擠的，但是我說：『我可是當過水手的喔。』就往牠頭上『啪』的敲了一記，牠吐出舌頭發出嘶嘶的聲音，我就再『砰』的給牠一拳，牠就繞成一圈死翹翹了……哦，原來這就是字母『O』……真奇怪！」

皮皮一口氣說了這麼多話，不得不停下來喘口氣。老師漸漸覺得皮皮是個靜不下來、讓人傷腦筋的小孩，於是提議全班同學

---

1 譯按：「刺蝟」在瑞典文裡叫 Igelkott，開頭字母是 i。

2 譯按：「蛇」在瑞典文裡叫 Orm，開頭字母是 O。

現在來畫畫。老師心想，這樣一來皮皮就會安安靜靜的坐著了。老師拿出紙筆，分給班上的小朋友。

老師說：「你們想畫什麼就畫什麼。」說完，她就坐在講桌旁邊開始檢查作業簿。

過了一會兒，老師抬頭看大家畫得怎麼樣了，這才發現全班同學都坐在座位上看皮皮，皮皮則趴在地上隨心所欲的畫圖。

「哎呀，皮皮，」老師不耐煩的說：「為什麼妳不在紙上畫呢？」

「那張紙早就畫滿了。紙那麼小，根本畫不下我的馬，」皮皮說：「我才剛畫到前腿，等我畫到尾巴的時候，大概就得畫到走廊上了。」

老師傷腦筋的想了一下，然後說：

「現在我們來唱一首歌好嗎？」

S
F

班上的小朋友全都站了起來，只有皮皮一直不站起來。

「你們儘管唱吧，我趁這個時間休息一下，」皮皮說：「學習太多會把最健康的人也累垮。」

這下子，老師的耐心終於用完了。她請小朋友離開教室到操場上去，她想單獨和皮皮說幾句話。等到教室裡只剩下老師和皮皮，皮皮馬上站起來，走到前面的講桌旁。

「妳知道嗎？」皮皮說：「我是說，老師妳知道嗎？來這裡很有趣，現在我知道上學是怎麼一回事，但是我不想再來上學了，有沒有聖誕假期我也不在乎。我在這裡聽了太多蘋果、刺蝟，還有蛇這些東西，弄得我頭昏腦脹。老師，我希望這不會讓妳太難過。」

但是老師說她很難過，因為皮皮不願意守規矩，像皮皮這樣不守規矩的女孩不准到學校來，就算她很想來上學也不行。

「我很不守規矩嗎？」皮皮驚訝的問：「喔，可是……我自己都沒有發現呢。」她的樣子看起來很沮喪。

皮皮難過的時候，沒有人能看起來比她更沮喪。她默默的站在那裡好一會兒，然後用顫抖的聲音說：

「老師，妳得要了解，如果妳媽媽是天使，妳爸爸是南太平洋小島上的國王，而妳一輩子都在大海上航行，那妳就不會知道，自己在學校裡那一堆蘋果和刺蝟當中要怎麼守規矩。」

老師說她能夠了解，說她不再生皮皮的氣了，也許等皮皮年紀再大一點，可以再來上學。

皮皮滿心歡喜的回答：

「老師，我覺得妳人真好，我要送妳一樣東西！」

她從口袋裡掏出一個小小的金錶，放在講桌上。老師說她不能接受這麼貴重的禮物，但是皮皮說：「妳一定要收下！否則我明天還要來上學，那就有好戲看囉！」

說完，皮皮衝到操場上，一下子就跳上了馬背。所有小朋友都擠過來圍在她身邊，伸手摸了摸那匹馬，目送皮皮離開。

「我要讚美一下阿根廷的學校，」皮皮坐在馬背上，低頭看著那些小朋友，「你們應該去那裡上學。在阿根廷，聖誕假期結束才三天，就開始放復活節假期，等到復活節假期過完，再過三天就開始放暑假。暑假一直放到十一月一日，之後大家當然得去上學，直到十一月十一日的聖誕假期開始為止，但大家也只能忍耐一下。不過那裡沒有學校作業，因為阿根廷嚴格禁止寫作業。有時候會有阿根廷小孩偷偷躲進衣櫥裡寫作業，可是如果被他媽媽看見那就慘了。那裡的學校根本不教算術，如果有小孩知道7加5等於多少，而且還笨到去告訴老師，那他就得站在牆角罰站一整天。他們只有在禮拜五才有閱讀課，而且只有在有書可讀的時候才上課，不過那裡的學校根本沒有書。」

那些小朋友聽得目瞪口呆。

「哦，那他們在學校都做些什麼呢？」一個小男孩問。

「吃糖果啊，」皮皮很篤定的說：「有一條長長的管子，會從附近的糖果工廠直接通到教室，一整天都有糖果從管子裡跑出來，光是要吃完這些糖果，小朋友就夠忙了。」

「哦，那老師要做什麼呢？」一個小女孩問。

「替小朋友剝糖果紙啊，傻瓜，」皮皮說：「難道妳以為小朋友要自己剝嗎？當然不會囉。他們甚至不必自己去上學，只要派弟弟去就行了。」

皮皮揮了揮她的大帽子。

「掰掰，小朋友！」她愉快的大喊：「你們暫時不會再看到我了，但是不要忘記安東有幾顆蘋果，否則你們就慘了。哈哈哈！」

皮皮發出響亮的笑聲，騎馬穿過學校大門，小石子在馬蹄下飛了起來，把學校窗戶的玻璃震得叮噹作響。

在八月底一個溫暖晴朗的日子，皮皮、湯米和安妮卡坐在亂糟糟別墅前面。皮皮坐在一根門柱上，安妮卡坐在另一根門柱上，湯米則坐在院子的門上。一棵梨子樹就長在籬笆後面，枝椏垂得很低，三個小孩一伸手就能輕鬆摘到黃中透紅的小梨子。他們啃著梨子，把果核吐到小路上。

亂糟糟別墅座落在小鎮的邊緣，再過去就是鄉間，鎮上的街道在這裡直接連上公路。小鎮的居民很喜歡來這一帶散步，因為這裡的環境最優美。皮皮他們坐在那裡吃梨子的時候，有個女孩從鎮上走了過來。她一發現皮皮他們，就停下來問：

「你們有看見我爸爸從這裡經過嗎？」

「嗯，」皮皮說：「他長什麼樣子？他的眼睛是藍色的嗎？」

「對。」那個女孩說。

「身材剛剛好，不高也不矮？」

「對。」女孩說。

「頭上戴著黑帽，腳上穿著黑鞋？」

「對，沒錯。」女孩興奮的說。

「沒有喔，我們沒有看見他。」皮皮很篤定的回答。

女孩顯得很失望，她沒有再說一句話，繼續往前走。

「等一下！」皮皮在她身後大喊：「他是禿頭嗎？」

「當然不是。」女孩生氣的說。

「那他運氣很好。」皮皮說著，吐出了一個梨核。

那個女孩急忙繼續往前走，可是皮皮又大喊：

「他的耳朵是不是很長、很長？一直垂到肩膀上？」

「不是，」女孩驚訝的轉過身，「妳該不會要說，妳看見長著長耳朵的人走路經過這裡吧？」

「我從沒見過有人長著耳朵走路，我認識的人都是長著腳走路。」

「唉，妳真笨！我的意思是，妳真的見過有人耳朵長得這麼長嗎？」

「沒有，」皮皮說：「沒有人有這麼長的耳朵，如果有，那就太扯了。那看起來會像什麼樣子？人不可能有這麼長的耳朵，至少在這個國家不可能。」她想了一下，又說：「在中國就不一樣了。我曾經在上海見過一個中國人，他的耳朵大到可以拿來當披風，如果下起雨來，他就躲到耳朵底下，那裡溫暖又舒適，雖然這對他的耳朵來說不是那麼舒服。如果天氣特別糟，他就會邀請親朋好友一起躲在他的耳朵底下。大家會坐在他耳朵下唱憂傷的歌曲，直到雨停。他的名字叫海上，大家都很喜歡他的大耳朵，你們真應該看看海上每天早上跑步去上班的樣子。他總是在最後一分鐘抵達，因為他喜歡睡久一點。你們沒辦法想像那畫面看起來有多美，當他飛奔過來的時候，那雙耳朵在他身後飛揚，看起來就像兩面黃色的大風帆。」

女孩停下腳步，張大嘴巴聽皮皮說話。湯米和安妮卡也忙著聽皮皮說故事，忘了繼續吃梨。

「他的孩子多到數不清，最小的孩子名叫彼得。」皮皮說。

「可是一個中國小孩不會叫彼得。」湯米反駁。

「他太太也這樣對他說：『一個中國小孩不會叫彼得。』但是海上非常固執，他說：『這孩子要不就叫彼得，要不就根本不要取名字。』然後他就用耳朵蓋住了頭，坐在一個角落裡生悶氣。他可憐的太太當然只好讓步囉，所以那個孩子就叫彼得了。」

「原來如此。」安妮卡說。

「彼得是全上海最難養的小孩，」皮皮繼續說：「他吃飯的時候老是挑食，讓他的媽媽很煩惱。你們知道中國人會吃燕窩吧？

他媽媽坐在那裡，端著滿滿一盤燕窩想餵他吃。『小彼得啊，』她說：『現在聽爸爸的話，吃一個燕窩吧。』但是彼得緊緊咬住了嘴脣，一直搖頭。最後海上生氣了，他說彼得要是不肯聽話吃一個燕窩，就沒有別的東西吃了。海上一向說到做到，從五月到十月，燕窩就這樣從廚房裡端出來又端回去。在七月十四日那天，彼得的媽媽還替兒子求情，想要餵他吃幾顆肉丸，但是海上說不行。」

「這真是太扯了。」站在馬路上的女孩說。

「對，海上也這麼說，」皮皮繼續說：「他說：『這真是太扯了，只要這個孩子不要這麼倔強，就會把燕窩吃掉。』但是從五月到十月，彼得都把嘴巴閉得緊緊的。」

「那他怎麼能活下來？」湯米想不通。

「他沒有活下來，」皮皮說：「他死掉了，就因為他太倔強。

他在十月十八日那天去世，十月十九日下葬。然後在十月二十日那天，有一隻燕子從窗戶飛進來，在桌上的燕窩裡下了一顆蛋，這樣一來，至少那個燕窩還有一點用處，沒有白白浪費。」皮皮愉快的說。然後她露出沉思的表情，看著那個一頭霧水的女孩。

「妳的表情好奇怪，」皮皮說：「怎麼啦？妳大概以為我在撒謊吧？對不對？那妳就說出來呀！」皮皮說著就凶巴巴的捲起了衣袖。

女孩嚇了一跳，說：「不、不、不，我沒有要說妳撒謊，可是……」

「沒有嗎？」皮皮說：「可是我就是在說謊啊。我說謊說得舌頭都發黑了，妳聽不出來嗎？妳真的以為一個小孩可以從五月到十月都不吃東西嗎？我當然知道小孩子三、四個月不吃東西也死不了，但是從五月到十月都不吃東西就太誇張了。妳應該要發現這是謊話才對，總不能別人說什麼都相信！」

聽了這話，那個女孩頭也不回的跑走了。

「有些人太容易相信別人了，」皮皮對湯米和安妮卡說：「從五月到十月耶！這太荒唐了！」然後她在那個女孩背後大喊：「不，我們沒有看見妳爸爸！我們一整天都沒有看見半個禿頭！可是昨天有十七個禿頭經過喔，而且他們還手牽著手！」

皮皮家的庭院真的很棒。這座院子沒有好好整理過，卻有一片從未修剪的綠油油草地，還有開滿白花、黃花和粉紅色花朵的玫瑰花叢。那些玫瑰並不特別嬌貴，卻散發出迷人的香氣。院子裡也有很多果樹，最棒的是還有幾棵適合攀爬的老橡樹和老榆樹，至少皮皮經常去爬。

湯米和安妮卡家的院子不適合爬樹，他們的媽媽總是擔心他們會摔下來弄傷自己，所以他們以前很少爬樹。但是皮皮說：

「我們爬上這棵橡樹怎麼樣？」

湯米立刻從籬笆上滑下來，一副躍躍欲試的樣子。安妮卡有點不放心，可是當她看見樹幹上有很多大大的樹瘤，可以把腳踩在上面攀爬，她就覺得爬上去應該會很有趣。

那棵橡樹在距離地面幾公尺的地方，分岔成兩根樹幹，而樹幹分岔的地方就像是一個小房間。沒多久，這三個小孩就舒舒服服的坐在橡樹上了。橡樹的樹冠在他們頭上伸展開來，就像一大片綠色的屋頂。

「我們可以在這裡喝咖啡，」皮皮說：「我現在就進屋去煮。」

湯米和安妮卡拍手歡呼：「太棒了！」

沒有多久，皮皮就煮好了咖啡，而且她昨天還烤了一些小麵包。她站在橡樹下，開始把咖啡杯往上拋，讓湯米和安妮卡接住杯子。有時候是那棵橡樹接住杯子，於是杯子就碰破了，不過皮皮會跑回屋裡拿新的過來。接下來輪到小麵包了，那些小麵包花了一段時間在半空中飛來飛去，還好麵包不會摔破。最後皮皮用一隻手拿著咖啡壺爬到樹上，口袋裡還塞著一小瓶鮮奶油和一小盒糖。

湯米和安妮卡覺得這是他們喝過最好喝的咖啡。平常他們只有在去作客的時候才有咖啡喝，而他們現在也是在作客。安妮卡不小心灑了一些咖啡在裙子上，起初感覺溼溼熱熱的，後來就變得溼溼冷冷，但是安妮卡說沒有關係。等他們喝完咖啡，皮皮把咖啡杯扔到樹下的草地上。

「我想看看現在的瓷器有多耐用。」她說。

說也奇怪，一個杯子和三個杯碟都沒有摔破，而咖啡壺只碰掉了它的壺嘴。

皮皮忽然開始往更高的地方爬。

「有人見過這種事嗎？」她忽然大喊：「這棵樹是中空的！」樹幹裡有一個大洞，因為被樹葉遮住了，所以湯米和安妮卡看不見。

湯米問：「我也可以爬上去看一看嗎？」但是他沒有聽見回答，「皮皮，妳在哪裡？」他不安的喊著。

這時，他們聽見了皮皮的聲音，但是那個聲音不是來自上方，而是來自下方深處，聽起來就像是來自地下世界。

「我在樹幹裡。這個樹幹是空心的，一直通到地面。如果從一個縫隙看出去，還能看見草地上的咖啡壺。」

「噢，妳要怎麼再爬上來？」安妮卡大叫。

「我再也上不去了，」皮皮說：「我就待在這裡，直到年紀大到能領老人年金。你們要從樹上那個洞把食物丟下來給我，每天

五、六次。」

安妮卡哭了起來。

「不要難過，不要哭，」皮皮說：「不如你們也爬下來吧，我們可以假裝是在一個強盜窩裡吃苦受罪。」

「我才不要。」安妮卡拒絕。為了安全起見，她乾脆從樹上爬下來。

「安妮卡，我可以從縫隙看見妳耶！」皮皮大喊，「別踩到咖啡壺喔，那是個善良的老咖啡壺，從來沒有傷害過任何人，而且少了壺嘴也不是它的錯。」

安妮卡走到樹幹旁邊，從一道很小的縫隙看見了皮皮的食指指尖。這讓她稍微安心了一點，可是她還是很擔憂。「皮皮，妳真的沒辦法爬出來嗎？」她問。

皮皮的食指消失了，不到一分鐘，她的臉就從樹幹上的洞口

冒了出來。她一邊用雙手撥開樹葉，一邊說：「如果我賣力一點，也許爬得出來。」

一直坐在樹上的湯米說：「如果這麼容易就能爬出來，那我也要爬下去假裝在強盜窩裡吃苦受罪。」

「這個嘛，」皮皮說：「我想最好還是去搬個梯子來。」她從樹洞裡爬出來，很快的爬到樹下，然後跑去拿了把梯子拖到樹上，再把梯子放進樹洞裡。

湯米興奮得急著想爬進樹洞裡，但是要爬到樹洞口很不容易，因為它在很高的地方，幸好湯米的膽子很大，他也不害怕爬進黑暗的樹幹。安妮卡看著湯米消失在樹洞裡，不知道自己還能不能再看見他，於是便試著透過樹幹上的縫隙往裡面看。

「安妮卡，」她聽見了湯米的聲音，「妳絕對想像不到這裡有多棒，妳一定要下來看看。只要有梯子可以踩，這裡一點也不危險。妳只要爬下來一次，就再也不想做別的事了。」

「真的嗎？」安妮卡問。

「我敢保證。」湯米回答。

於是安妮卡鼓起勇氣，雙腿發抖的爬回樹上。最後一截樹幹很不好爬，皮皮幫了她一把。看見樹幹裡黑漆漆的，安妮卡有點害怕，但是皮皮握住她的手，給她打氣。

「別怕，安妮卡，」她聽見湯米在樹洞底下說：「現在我看見妳的腳了，要是妳摔下來，我會接住妳。」但是安妮卡沒有摔下來，而是平安無恙的來到湯米身邊。一轉眼，皮皮也來了。

「這裡是不是很棒？」湯米問。

安妮卡必須承認這裡的確很棒。樹洞裡並不像她先前以為的那麼黑，因為光線可以透過縫隙照進來。安妮卡從樹縫看出去，想看看是不是也能看見外面草地上的咖啡壺。

「這裡可以作為我們的祕密基地，」湯米說：「沒有人知道我們在這裡，如果有人從外面經過來找我們，我們就能從這個樹縫看見他們，然後哈哈大笑。」

「還可以拿一根樹枝，從這個樹縫伸出去搔他們的癢，」皮皮說：「他們會以為這裡鬧鬼了。」

這個主意讓他們三個開心得互相擁抱。這時，他們聽見湯米和安妮卡家裡響起了鑼聲，那是在叫他們回家吃晚飯。

「真可惜，」湯米說：「我們得回家了。可是明天一放學，我們會再來的。」

「好啊，一言為定。」皮皮說。

他們踩著梯子往上爬，皮皮領頭，接著是安妮卡，湯米殿後。然後他們從樹上爬下來，還是皮皮領頭，接著是安妮卡，湯米殿後。

第六章　皮皮去郊遊

「今天我們不必去上學，」湯米對皮皮說：「因為學校放假讓我們大掃除。」

「哈，」皮皮大叫：「又是一件不公平的事！我很需要大掃除，但是都沒有假可以放。你們看，廚房的地板髒成什麼樣子！不過話說回來，就算不放假我也能打掃，而且我現在就要動手，不管今天放不放假，我倒要看看誰能阻止我。你們去坐在廚房的桌子上，免得擋路。」

湯米和安妮卡乖乖爬到桌子上，尼爾森先生也跳了上去，躺在安妮卡的膝蓋上睡覺。

皮皮燒了一鍋熱水，潑在廚房地板上。然後她脫掉那雙大鞋子，整整齊齊的擺在吃麵包用的盤子上。接著她光腳綁了兩支刷子，在地板上開始溜冰，每次滑過一灘水，就弄得水花四濺。

「我應該要當溜冰公主才對，」她把左腿高舉在半空中，結果綁在左腳上的刷子打壞了吊燈的一角，「至少我的姿勢優雅迷人。」她繼續說著，大膽的跳過一張擋路的椅子。

最後她說：「嗯，現在應該刷乾淨了。」拿掉綁在腳上的刷子。

「妳不擦乾地板嗎？」安妮卡問。

「不用，陽光會把它晒乾的，」皮皮說：「只要它常常動一動，就不會感冒。」

湯米和安妮卡從桌上爬下來，小心翼翼的走過地板，免得把自己弄溼。

外面的天空藍得耀眼，陽光燦爛，是晴空萬里的九月天，讓人想去森林裡走走。皮皮想到一個好主意。

「我們去郊遊吧，你們覺得怎麼樣？」

「好耶！」湯米和安妮卡興奮的大喊。

「你們先回家去問媽媽，我趁這個時間來裝野餐籃。」

湯米和安妮卡覺得這個提議很好，他們跑回家沒多久又跑了回來。這時，皮皮已經站在庭院的門口，肩膀上坐著尼爾森先生，一手拿著一根健行手杖，另一隻手提著一個大籃子。

三個孩子沿著馬路走了一小段路，接著轉進一片小樹林，一條美麗的小徑蜿蜒著穿過樺樹和榛樹叢。不久之後，他們來到一個柵欄前面，在那後面是一片更漂亮的小樹林，但是柵欄前面站著一頭母牛，而且牠看起來沒有要讓路的意思。安妮卡對著牠大叫，湯米則大膽的走過去想要趕走牠，但是那頭牛站在原地一動也不動，只用一雙大大的牛眼瞪著他們。為了解決這件事，皮皮把籃子擱在地上，走過去把那頭母牛舉起來抬到一邊。那頭母牛很難為情，就穿過榛樹叢走開了。

「牠真是頑固，母牛居然也像公牛一樣頑固，」皮皮跳起來，兩隻腳同時躍過了柵欄，「難怪公牛有時候也會像母牛一樣。」

「好漂亮的小樹林！」安妮卡興奮的大喊，一看見大石頭就爬上去。湯米帶著皮皮送給他的那把短劍，替自己和安妮卡各削了一根健行手杖。他稍微割傷了大拇指，但只是皮肉傷而已。

「我們應該要採點蘑菇，」皮皮一邊說，一邊摘下一朵漂亮的紅色野菇，「不知道這能不能吃，但我至少知道它不能喝，所以除了把它吃掉也沒有別的選擇，說不定它能吃喔。」

她咬了一大口野菇，把它吞下肚。

「可以吃耶！」她興奮的說：「不過我們下次最好是煮過再吃。」說著，她把野菇扔向空中，野菇呈拋物線飛過了樹梢。

「妳的籃子裡裝著什麼？」安妮卡問：「是好吃的食物嗎？」

「給我一千塊我也不說，」皮皮守口如瓶，「我們要先找到一個可以坐下來野餐的好地方。」

三個孩子開始努力尋找適合野餐的的方。安妮卡發現一塊平坦的大石頭，覺得那裡很適合，但是上面有一群螞蟻爬來爬去。

「我不要坐在螞蟻旁邊，因為我不認識牠們。」皮皮說。

「是啊，而且牠們會咬人。」湯米說。

「牠們會咬人嗎？」皮皮說：「那你就咬回去呀。」

這時，湯米在幾個榛樹叢間發現了一小塊空地，他覺得可以去那裡野餐。

「不行，那裡陽光不夠，我的雀斑要晒太陽才能好好長出來，」皮皮說：「我覺得雀斑很漂亮。」

不遠處，有一座很容易爬上去的小山丘，山丘上有一塊凸出的地方，那裡就像在陽臺一樣陽光充足，於是他們就去那裡坐下。

「現在我要拿出籃子裡的東西，你們先閉上眼睛。」皮皮說。

湯米和安妮卡緊緊閉上眼睛，聽見皮皮打開了籃子，也聽見包裝紙在沙沙作響。

「一、二、十九，現在你們可以睜開眼睛了。」皮皮終於這麼宣布。

兄妹倆睜開眼睛，看見皮皮擺在那塊光禿禿岩石上的豐盛食物，開心得歡呼起來。那裡有夾著肉丸和火腿的奶油小麵包、一整疊灑了糖粉的煎餅、幾條小香腸和三個鳳梨布丁。沒錯，皮皮學過烹飪，是跟爸爸船上的廚師學的。

「哇，掃除假真是太棒了，」湯米的嘴裡塞滿了煎餅，「最好是每天都放。」

「噢，我沒有那麼喜歡大掃除。打掃的確很好玩，但是每天都要掃就太累了。」

三個孩子最後飽到幾乎無法動彈。

「我想知道飛行難不難。」皮皮看著那塊凸出的岩石邊緣發呆，下方的山壁陡峭，距離地面還有一段距離。

「我可以學著往下飛，」她繼續說：「往上飛肯定比較難，但是我可以從比較簡單的開始學，我想要試試看。」

「不行，皮皮！」湯米和安妮卡大喊：「拜託，皮皮，別這麼做！」

但是皮皮已經站在山坡邊緣了。

「飛吧，你這隻懶惰的蒼蠅，飛吧，於是懶惰的蒼蠅飛起來了。」說到「飛起來」的時候，她張開手臂凌空踩出一步。過了半秒鐘，只聽見「砰」的一聲，皮皮落地了。湯米和安妮卡嚇壞了，趕緊趴下往下看，只見皮皮從地上站起來，拍掉膝蓋的泥沙。

「我忘了揮動翅膀，」她笑嘻嘻的說：「肚子裡也裝了太多煎餅。」

就在這個時候，三個孩子發現尼爾森先生不見蹤影，看來牠是自己跑去郊遊了。他們想起尼爾森先生剛才還開心的坐在那裡啃野餐籃，可是在皮皮練習飛行的時候，他們完全忘了牠。現在牠跑得無影無蹤，皮皮氣得把一隻鞋子扔進一個大水塘。

「不管去哪裡都不應該帶著猴子，」她說：「應該把牠留在家裡替馬抓跳蚤，那是牠應得的處罰。」她一邊說，一邊走進水塘撈鞋子，水塘的水淹到了她的肚子，「其實我應該利用這個機會，把頭髮也洗一洗。」說著，皮皮就把頭埋進水裡，直到氣泡冒出水面。

等她終於從水裡冒出來，她滿意的說：「嗯，這下子就不必去麻煩美髮師了。」她從水塘裡走出來，穿上鞋子，接著出發去找尼爾森先生。

「你們聽我走路的時候會發出多少聲音，」皮皮笑著說：「溼衣服在說『啪答、啪答』，鞋子在說『唧唧、嘎嘎』。這真是太有趣了，我覺得妳也應該試試看。」皮皮對安妮卡說。安妮卡有一頭閃亮的金色鬈髮，穿著粉紅色洋裝和一雙白色小皮鞋，看起來真漂亮。

「下一次吧。」安妮卡的腦筋動得很快。

他們繼續往前走。

「尼爾森先生有時候真惹人生氣，」皮皮說：「牠每次都這樣，有一次在印尼的泗水，牠從我身邊跑走了，跑去一個老寡婦家裡當傭人。」皮皮停頓了一下，接著說：「最後那一句是我亂說的。」

湯米提議大家分頭去找，每個人往一個不同的方向走。安妮卡起初不願意這樣做，但是湯米說：

「妳應該不是個膽小鬼吧？」

安妮卡當然不願意被說成是膽小鬼，於是他們三個分別往不同的方向尋找。

湯米走過一片草地。他沒有發現尼爾森先生，卻看見了別的東西——一頭公牛！或者應該說是那頭公牛看見了湯米。牠不喜歡湯米，因為牠是一頭凶惡的公牛，牠一點也不喜歡小孩。公牛低下頭，發出嚇人的吼聲，朝著湯米衝過來。湯米嚇得尖叫，整片樹林都能聽見他的聲音。皮皮和安妮卡聽見叫聲趕緊跑過來，想看看湯米為什麼尖叫。這時候，那頭公牛已經用角把湯米頂起來，把他拋向半空中。

安妮卡哭了出來，不知道該怎麼辦才好。皮皮對她說：「這隻動物一點也不明理，居然會做出這種事！牠把湯米白色的水手裝弄髒了，我要去跟這隻笨牛講講道理。」說著，她跑過去拉住公牛的尾巴。

「抱歉，中途跑來打斷你。」皮皮說。由於她拉得很大力，公牛轉頭看見另一個小孩，也想用牛角把她頂起來。

「我說過了，抱歉跑來打斷你，」皮皮又說了一遍，「再向你說聲抱歉，我要折斷你的角，」皮皮說著就折斷了公牛的一隻角，「今年不流行頂著兩隻角走路，」皮皮說：「時髦的公牛今年都只頂著一隻角，或是根本沒有角。」說著，她把公牛的另一隻角也折斷了。

由於牛角沒有感覺，那隻公牛不知道自己的角已經被折斷了，又朝著皮皮衝過來。換作是別的小孩，恐怕會被撞成肉醬，可是皮皮不怕。

「哈哈哈，別來搔我的癢！」皮皮大叫：「你不知道我有多怕癢。哈哈，停下來、停下來，我要笑死了！」

但是那頭牛不肯停止，皮皮只好跳到牠背上換取片刻的安靜。可惜她在牛背上也不得安寧，因為那頭牛一點也不喜歡皮皮坐在牠背上。牠發狂似的跳躍、扭動，想甩下皮皮，但是皮皮用雙腿牢牢的夾住牠，在牛背上坐得四平八穩。那頭公牛在草地上橫衝直撞、大聲咆哮，鼻孔裡還噴出白煙。皮皮又笑又叫，對著湯米和安妮卡揮手。兄妹倆站在安全距離外，全身抖得像是風中的樹葉。那頭公牛依然不斷轉圈，想甩掉皮皮。

「我在這裡和一個小朋友一起跳舞。」皮皮哼起歌來，並且穩穩的坐在牛背上。最後，那頭公牛累壞了，只能在草地上躺下來，但願這個世界上沒有小孩，畢竟牠從不覺得這個世界需要小孩。

「你要睡午覺了嗎？」皮皮有禮貌的詢問：「那我就不吵你了。」

皮皮從牛背上爬下來，走向湯米和安妮卡。湯米先前哭了一下，他的手臂上有個傷口，安妮卡用手帕替他包紮起來，所以現在已經不痛了。

皮皮走過來的時候，安妮卡激動的大喊：「噢，皮皮！」

「噓，」皮皮小聲的說：「別吵醒那頭牛！牠在睡覺，要是吵醒牠，牠會有起床氣。」

不過下一秒，皮皮就忘了那頭牛在睡午覺，扯著嗓門大喊：「尼爾森先生，尼爾森先生，你在哪裡？我們要回家了！」

果然，尼爾森先生就坐在一棵松樹上吸吮牠的尾巴，看起來很悲傷的樣子。對這樣的小猴子來說，獨自被留在樹林裡當然不是什麼好玩的事。牠從松樹上一溜煙的爬下來，再爬上皮皮的肩膀，然後揮動牠的草帽，就跟牠平常心滿意足的時候一樣。

「嗯，這一次你沒有跑去別人家當傭人，」皮皮撫摸牠的背說：「喔，抱歉，那是我瞎編的，」她又接著說：「可是如果那是真的呢？那我就沒有瞎編了，」她繼續思考，「你們看著吧，說不定牠真的在泗水當過傭人呢。現在我知道，以後該由誰來捏肉丸了。」

接著他們健行回家。皮皮的衣服還是啪答啪答響，鞋子也還是唧唧嘎嘎叫。湯米和安妮卡覺得這一天很愉快，儘管那頭公牛有點掃興。於是，他們唱起一首在學校學會的歌。那其實是一首夏天的歌，而現在秋天就快到了，儘管如此，他們覺得這首歌還是很合適。

在這個晴朗的夏天，
我們穿過森林和樹叢，
一路上快樂的歌唱。

哈哩，哈囉，
來吧，大家一起唱，
別整天悶在家裡。
一起爬上最高的山巔，
俯視森林綠色的樹梢，
在這個晴朗的夏天，
我們在森林和樹叢裡快樂的歌唱，
哈哩，哈囉。

皮皮也在唱，但是她唱的歌詞不一樣，她唱的是：

在這個晴朗的夏天，
我穿過森林和樹叢，

我想做什麼就做什麼。
我走起路來唧唧嘎嘎，
跑起步來啪答啪答，
我的鞋子一直說：
唧唧咕咕和嘎嘎。
我的衣服溼答答，
那頭公牛凶巴巴，
我最愛吃米布丁，
在這個晴朗的夏天，
總是唧唧又嘎嘎。

第七章　皮皮去馬戲團

小鎮上來了一個馬戲團，所有小孩都央求爸爸、媽媽讓他們去看。湯米和安妮卡也不例外，爸爸一聽，立刻掏出幾枚銀幣給他們。他們把錢幣緊緊握在手裡，跑去找皮皮。她正在門廊上替她的馬把尾巴編成小辮子，再綁上紅色蝴蝶結。

「今天是牠的生日，所以要打扮得特別漂亮。」

「皮皮，」湯米跑得太快，上氣不接下氣的說：「皮皮，妳想和我們去看馬戲團嗎？」

「不管是哪裡，我都可以跟著一起去，」皮皮說：「但是我不知道能不能一起去馬戲團，因為我不知道馬戲團是什麼，那會痛嗎？」

「傻瓜，」湯米說：「才不會呢！馬戲團好玩得很，有馬和小丑表演，還有漂亮的女孩會走鋼索呢。」

「但是那要花錢。」安妮卡打開手掌，確認那枚閃亮的兩克朗銀幣和兩枚五十分錢的硬幣還在不在。

「我像國王一樣有錢，隨時都能買下一個馬戲團，」皮皮說：「雖然這裡再養幾匹馬會有點擁擠。小丑和漂亮女孩可以在洗衣房裡擠一擠，但是那些馬就比較麻煩了。」

「傻瓜，」湯米說：「沒有人要妳買下馬戲團，是要花錢去看，懂嗎？」

「天哪！」皮皮大喊著緊緊閉上眼睛，「看要花錢？我在這裡每天都到處看，天曉得我已經看掉多少錢了！」

她小心的慢慢睜開一隻眼睛，眼珠子骨碌碌的轉來轉去。

「不管要花多少錢，現在我都非看不可！」

最後，湯米和安妮卡總算向皮皮解釋清楚什麼是馬戲團。於是皮皮從皮箱裡拿出幾枚金幣，再戴上她的帽子，那頂帽子大得像個車輪，三個人就這樣出發去看馬戲團。

馬戲團的帳篷擠著一群人，售票口前面大排長龍，好不容易才輪到皮皮。她把頭伸向售票口，盯著坐在裡面賣票的老太太說：

「盯著妳看要花多少錢？」

這位老太太是個外國人，不太明白皮皮的意思，於是她回答：

「小女孩，前排座位要五克朗，後排座位是三克朗，站票是一克朗。」

「哦，這樣啊，」皮皮說：「那妳要保證妳會走鋼索給我看。」

湯米在這時候插嘴要皮皮買一張後排座位的票。皮皮把一枚金幣遞給老太太，她有點懷疑的看著這枚金幣，然後張口咬了咬，確定那是真的金子。最後，老太太確定金幣是真的，皮皮才買到了門票，還收到一大堆找錢的銀幣。

「我要這些又小又醜的白色錢幣做什麼？」皮皮不高興的說：「妳留著吧，這樣我就可以買站票看妳兩次。」

皮皮硬是不肯收下找回的錢，於是老太太換了一張前排座位的票給她，也給湯米和安妮卡一人一張前排座位的票，不需要他們再付錢。於是，皮皮、湯米和安妮卡，就坐在表演場正前方的漂亮紅椅子上。

湯米和安妮卡好幾次轉過頭去，跟坐在後排的同學打招呼。

「這真是個奇怪的地方，」皮皮驚訝的東看看西看看，「不是我愛挑剔，但是我看見他們把鋸木屑撒在地上，看起來不太整潔。」

湯米向皮皮解釋，每個馬戲團都會把鋸木屑撒在地上，這樣馬兒在上面比較好奔馳。

「原來如此。」皮皮說。

馬戲團的樂隊坐在臺上，忽然演奏起響亮的進行曲。皮皮拚命鼓掌，興奮的在椅子上跳上跳下。「聽也要錢嗎？還是免費的？」她問。

就在這時，表演者進場入口的簾幕拉開了。馬戲團團長跑步進場，他身穿黑色禮服，手拿一條鞭子，十匹白馬跟著他跑進來，頭上都戴著紅色羽毛。

馬戲團團長揮動鞭子，十匹馬便把前腿擱在圍著表演場的柵欄上，其中一匹馬正好站在三個小孩的位置前面。安妮卡一點也不喜歡馬靠她這麼近，於是她在椅子上盡量往後縮。但是皮皮彎身向前，抬起那匹馬的一隻前腿說：

「你好！我代表我的馬向你問好。今天是牠生日，但是牠的蝴蝶結是綁在尾巴上，而不是戴在頭上。」

幸好在馬戲團團長再次揮動鞭子前，皮皮就鬆開了那匹馬的腳，因為接下來十匹馬都從柵欄上跳下來，又開始奔跑起來。

等到這個節目結束，馬戲團團長彬彬有禮的彎腰鞠躬，那些馬也隨之跑步退場。一會兒之後，簾幕再度掀開，一匹黑得像煤炭的馬出場了。一位美麗的小姐站在馬背上，身穿綠色絲質緊身衣，節目單上寫著她的名字——卡門西塔小姐。

那匹黑馬踩在鋸木屑上繞著圓圈小跑，卡門西塔小姐面帶笑容，穩穩的站在馬背上。不過意想不到的事情發生了，當這匹馬從皮皮的座位前面經過，有個東西「咻」的飛過空中，那個東西不是別人，正是皮皮。現在皮皮也站在馬背上，就在卡門西塔小姐背後。起初卡門西塔小姐大吃一驚，差點從馬背上摔下來，不過後來她生氣了，開始用雙手往身後拍打，想讓皮皮跳下馬去，但是一點用也沒有。

「冷靜點，別這麼激動，」皮皮說：「妳大概以為只有妳可以

開心的玩！可是我們也付了錢啊！」

這時，卡門西塔小姐想要跳下馬，但是她辦不到，因為皮皮緊緊抱住了她的肚子。全場的觀眾忍不住笑了，因為這一幕實在很滑稽：美麗的卡門西塔小姐被一個紅髮小丫頭緊緊抱住，而這個小丫頭還穿著一雙大鞋子站在馬背上，好像她這輩子都在馬戲團表演似的。

不過馬戲團團長笑不出來。他向穿著紅衣服的保全人員打了個手勢，要他們攔住那匹馬。

「這個節目已經結束了嗎？」皮皮失望的問：「現在正有趣呢！」

「妳這個臭丫頭！」馬戲團團長咬牙切齒的說：「給我滾出去！」

皮皮難過的看著馬戲團團長。

「怎麼啦？」她問：「你為什麼生我的氣？我以為我們應該要玩得開心才對。」

她從馬背上跳下來，坐回她的座位。但是這個時候來了兩個高大的保全人員，想把皮皮轟出去。他們抓住皮皮想把她抬起來，可是辦不到。皮皮穩穩的坐在位置上，不管他們再怎麼拉扯，都沒辦法讓她移動一分一毫。這下子，保全人員只好聳聳肩膀走開了。

就在這時，下一個節目也展開了。出場的表演者是艾薇拉小姐，她要表演走鋼索。她穿著粉紅色蓬蓬裙，手裡拿著一把粉紅色的陽傘，秀氣的踩著小小的步伐，跳上了一條鋼索。她擺動雙腿做出各種花式動作，樣子非常迷人，她甚至能在那條細細的鋼索上倒著走。可是當她回到鋼索末端的小平臺上，一轉身，就看見皮皮站在那裡。

看見艾薇拉小姐驚訝的表情，皮皮興奮的問：「現在妳要說什麼？」

艾薇拉小姐什麼也沒說，她從鋼索上一躍而下，摟住馬戲團團長——她爸爸的脖子。於是團長又一次派出保全人員，要把皮皮轟出去。這次他派了五個人，但是全場觀眾都放聲大喊：

「讓她留下來！我們想看這個紅髮女孩表演！」

接著觀眾用力跺腳和拍手。

皮皮跳上鋼索，等她走到鋼索中央，便把一條腿垂直的伸向空中，那隻大鞋子就像屋頂一樣遮在她頭上。接著她把腳稍微彎曲，用腳去搔耳後，相形之下，艾薇拉小姐的表演實在不算什麼。

馬戲團團長一點也不喜歡皮皮在他的馬戲團登臺表演。他想要趕走皮皮，於是偷偷溜過去把繃緊的鋼索調鬆，這樣皮皮一定會摔下來。

但是皮皮沒有摔下來，而是用那條鋼索盪起了鞦韆。鋼索擺過來擺過去，皮皮盪得愈來愈快，然後她忽然往空中一跳，直接落在馬戲團團長身上。

團長嚇得拔腿就跑。

「這匹馬真有趣，」皮皮說：「可是你頭髮上怎麼沒有戴羽毛呢？」

過了一會兒，皮皮覺得該回湯米和安妮卡身邊了，於是她從馬戲團團長身上跳下來，坐回自己的座位。下一個節目稍微耽擱了一下，因為馬戲團團長得先去喝杯水，把頭髮梳好。但是過沒多久他就走了進來，向觀眾一鞠躬，說：

「各位女士、各位先生！現在你們將會看見有史以來最大的奇蹟，全世界力氣最大的人——大力士阿道夫，到目前為止還沒有人能夠贏過他。各位女士、各位先生，現在請歡迎大力士阿道夫進場。」

一個像巨人一樣高大的男子進場了。他穿著一件肉色緊身衣，肚子上圍著一塊豹皮。他向觀眾一鞠躬，看起來得意洋洋。

「請各位看看他的肌肉，」馬戲團團長按了按大力士阿道夫的手臂，他手臂的肌肉隆起，就像皮膚底下有一顆球。

「現在，各位女士、各位先生，我要提供一份很棒的獎品：各位當中有誰敢和大力士阿道夫進行一場摔角比賽？有誰想要挑戰全世界最強壯的男人？誰要是能夠勝過大力士阿道夫，就能贏得一百克朗的獎金。一百克朗喔，請各位女士、各位先生考慮一下！誰要出來比賽？」

沒有人出來。

「他在說什麼啊？」皮皮問。馬戲團團長是外國人，講話帶著很重的口音。

「他說誰要是能打倒那個大個子，就能拿到一百克朗。」湯米說。

「我辦得到，」皮皮說：「但是他看起來這麼和氣，打倒他有點可惜。」

「不行啦，妳沒辦法打倒他的，」安妮卡說：「他是全世界最強壯的男人耶！」

「他也許是最強壯的男人，」皮皮說：「可是妳別忘了，我是全世界最強壯的女生啊！」

這個時候，大力士阿道夫正忙著把大鐵球高高舉起，把粗粗的鐵棍從中間扭彎，讓觀眾見識他的力氣有多大。

「各位觀眾，」馬戲團團長大喊：「如果真的沒有人想賺這一百克朗，那我只好自己留著囉！」他揮動著那張百元大鈔。

「不行，我忍不住了。」皮皮說著就爬過柵欄，走進表演場。

馬戲團團長一看見皮皮，簡直就要氣瘋了。

「走開！快滾！我不想看見妳。」他氣呼呼的說。

「你為什麼總是這麼凶？」皮皮責備他，「我只是想和大力士阿道夫比賽一下。」

「這不是讓妳隨便開玩笑的地方，」馬戲團團長說：「趁大力士阿道夫還沒有聽見妳胡說八道，快走開。」

可是皮皮從馬戲團團長身邊走過去，直接走到大力士阿道夫面前，握住他的大手親切的搖了搖。

「怎麼樣？我們兩個來摔角吧？就你和我。」

大力士阿道夫看著皮皮，不明白她的意思。

「再過一分鐘，我就要開始囉。」皮皮說。

她說到做到。一分鐘後，她用一雙手臂抱住阿道夫的腰，大家都還沒有看清楚發生了什麼事，她就已經把阿道夫摔在墊子上了。大力士阿道夫跳起來，一張臉脹得通紅。

「好厲害呀，皮皮！」湯米和安妮卡大喊。全場觀眾都聽見了，於是也跟著大喊：「好厲害呀，皮皮！」

馬戲團團長坐在柵欄上，氣呼呼的絞著雙手。

可是大力士阿道夫比團長更生氣，他這輩子從沒有這麼丟臉過。他想讓這個紅髮女孩

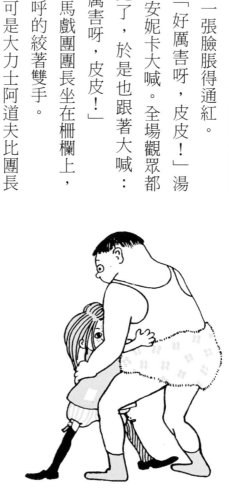

好看，想讓她知道大力士阿道夫的厲害，於是他朝著皮皮衝過去，用雙手抱住她的腰，但是皮皮站得四平八穩，就像一塊岩石一樣。

「再加把勁，你可以表現得更好。」皮皮出聲鼓勵他，但是一轉眼，皮皮就掙脫了他的雙手，再一轉眼，大力士阿道夫又倒在墊子上了。皮皮站在他旁邊等待，沒等太久，阿道夫便怒吼一聲站起來，又朝她衝過去。

「乖乖隆的咚。」皮皮說。

全場觀眾都用力跺腳，把帽子扔到半空中，大喊：

「皮皮，加油！」

大力士阿道夫第三次衝過來的時候，皮皮把他舉起來，抬著他繞場一圈，再把他放到墊子上按住他。

「嗯，大叔，我想我們別再打了，」她說：「再打下去也不會比剛才更好玩了。」

「皮皮贏了，皮皮贏了！」全場觀眾齊聲大喊，大力士阿道夫趕緊溜之大吉。馬戲團團長只好走到皮皮面前，把那張百元大鈔遞給她，雖然他看起來恨不得一口吞了她。

「拿去吧，小姐，請收下這一百克朗！」

「這個？」皮皮不屑的說：「我要這張破紙做什麼？你自己留著包沙丁魚吧。」

說完，皮皮走回了自己的座位。

「這個馬戲團的時間可真長，」她對湯米和安妮卡說：「我想要小睡一下。但是還有需要我幫忙的的方，就叫醒我。」

說完，皮皮就倒在椅子上睡著了。小丑、吞劍的人，還有表演軟骨功的人出場時，皮皮都坐在那裡呼呼大睡。

湯米小聲的對安妮卡說：「我覺得還是皮皮的表演最棒。」

第八章　皮皮家遭小偷

自從皮皮在馬戲團裡登場之後，小鎮上沒有人不知道她的力氣大得驚人，就連報紙上都有關於她的報導。

可是，住在其他地方的人當然就不知道皮皮是誰了。

在秋天的一個漆黑夜晚，有兩名流浪漢從亂糟糟別墅旁邊經過。這兩名流浪漢是惹人厭的小偷，他們到處遊蕩只為了看看有什麼東西可偷。他們看見亂糟糟別墅裡的燈光，決定進去討一塊奶油麵包。

這天晚上，皮皮把她所有的金幣都倒在廚房地板上，坐在那裡數著。雖然她的算術不好，但她偶爾還是會計算一下，畢竟凡事都要井井有條嘛。

「75、76、77、78、79、70加10、70加11、70加12、70加13、70加17……呼，這麼多個70，我都快喘不過氣了。應該還有別的數字可用才對，啊，我想到了，104、1000，這真是一大筆錢呢。」皮皮說。

就在這個時候，敲門聲響了起來。

「要不要進來隨便你們！」皮皮大喊：「我不強迫任何人。」門開了，兩個流浪漢走進屋內，看見一個紅頭髮的小女孩獨自坐在地板上數金幣，不難猜到他們把眼睛瞪得有多大。

「妳一個人在家嗎？」他們狡猾的問。

「當然不是，」皮皮說：「尼爾森先生也在家。」

那兩個小偷當然不知道尼爾森先生是一隻小猴子，牠正躺在牠的綠色小床上睡覺，蓋著娃娃用的毯子。他們以為尼爾森先生是這棟屋子的主人，於是意味深長的向彼此眨了眨眼睛。

他們眨眼睛的意思是：我們可以晚一點再來。但是他們對皮皮說：

「喔，我們只是進來看一下時鐘。」

他們太興奮了，忘記自己原本要來討奶油麵包吃。

「你們長得這麼大居然沒看過時鐘！你們究竟是怎麼長大的？」皮皮說：「時鐘就是一個圓圓的東西，會滴滴答答響，也會一直走個不停，但是永遠走不到門口。如果你們還知道更多的謎語，就統統說出來吧。」皮皮鼓勵他們。

兩個流浪漢以為皮皮的年紀太小不會看時鐘，所以沒有再多說一句話，便轉身走了出去。

「我沒有要求你們要特別有禮貌，但是你們至少應該說聲謝謝呀！」皮皮在他們身後大喊：「但是不管怎麼樣，祝你們一路平安！」說完，她又回去數錢了。

兩個流浪漢高興的走出門外，眉開眼笑的搓著雙手。

「你看見那些金幣了嗎？我的老天，居然有那麼多！」其中一個小偷說。

「是啊，有時候就是運氣好，」另一個小偷說：「現在我們只需要等待，等這個小女孩和那個尼爾森先生睡著，就能偷偷溜進去把錢全部拿走。」

他們坐在院子裡的橡樹下等待。這時，天空下起了毛毛雨，再加上肚子很餓，所以兩個流浪漢其實很不好受，但是一想到那些金幣，他們的心情就好了起來。

其他別墅的燈光漸漸熄滅，但是亂糟糟別墅燈火通明，因為皮皮正在學習跳蘇格蘭舞，她要確定自己真的學會了，才肯上床睡覺。

最後，亂糟糟別墅裡的燈光終於熄滅了。

兩個流浪漢又等了一會兒，以確保尼爾森先生也進入夢鄉。他們偷偷溜到廚房門邊，打算用闖空門的工具把門撬開。其中一位流浪漢名叫布隆，他湊巧把手擱在門把上，發現那扇門並沒有上鎖。

「這些人簡直沒有大腦，」他小聲的對他的伙伴說：「門居然是開著的！」

「這對我們來說更好。」他的伙伴長著一頭黑髮，認識他的人都喊他雷公卡爾森。

雷公卡爾森擰亮手電筒，兩人就這樣溜進了廚房。廚房裡沒有半個人，皮皮的床擺在隔壁房間，尼爾森先生的小床也一樣。

雷公卡爾森打開門，小心

的探頭查看。房間裡安靜無聲，他讓手電筒的光束在房間裡慢慢移動。當那束光線照到皮皮的床時，兩個流浪漢驚訝的看見枕頭上擱著一雙腳。皮皮跟往常一樣，把頭埋在床尾的被子底下。

他們溜進房間。

「這一定是那個小女孩，」雷公卡爾森小聲的對布隆說：「而且她肯定睡得很熟。可是那個尼爾森在哪裡？」

「是尼爾森先生，好嗎？」皮皮平靜的聲音從被子底下傳出來，「尼爾森先生躺在那張綠色的娃娃床上。」

兩個流浪漢嚇了一大跳，差點就要衝出房間。但是他們想到皮皮剛才說的話，她說尼爾森先生躺在娃娃床上。他們用手電筒一照，看見了那張娃娃床和躺在床上的小猴子。雷公卡爾森忍不住笑了。

「布隆，」他說：「原來尼爾森先生是一隻小猴子，哈哈！」

「對啊，不然你以為呢？」皮皮平靜的聲音從被子底下傳出來，「難道會是割草機嗎？」

「妳爸爸、媽媽不在家嗎？」布隆問。

「不在，」皮皮說：「他們在很遠的地方。」

雷公卡爾森和布隆興奮的格格笑了起來。「聽我說，小女孩，」雷公卡爾森說：「妳過來一下，我們有話想跟妳說。」

「不要，我在睡覺，」皮皮說：「你們又想猜謎語了嗎？那你們可以先猜這一個。一直走個不停卻始終走不到門口，這是什麼樣的時鐘？」

但是這時候布隆打定了主意，伸手一把掀掉皮皮的被子。

「你會跳蘇格蘭舞嗎？」皮皮很認真的看著他的眼睛問：「我會喔！」

「妳問了這麼多問題，」雷公卡爾森說：「我們能不能也問個問題？比如說，妳把剛才攤在地板上的那些金幣放在哪裡？」

「放在那邊那個櫃子上面的皮箱裡。」皮皮老實的回答。雷公卡爾森和布隆不懷好意的笑了。

「我希望妳不反對我們拿走那些錢。」雷公卡爾森說。

「喔，請便，」皮皮說：「我當然不反對。」

於是布隆走過去，把皮箱從櫃子上拿下來。

「朋友，我希望你也不反對我再把它拿回來。」皮皮下床開了燈，走向布隆。

三秒鐘後，皮箱又回到了皮皮手中，布隆根本不知道事情是怎麼發生的。

「別開玩笑了，」雷公卡爾森生氣的說：「把皮箱交出來！」

他用力抓住皮皮的手臂，想把他渴望的戰利品搶到手。

「開玩笑也好，不開玩笑也罷。」皮皮說著就把雷公卡爾森舉起來，放在櫃子上方。一分鐘之後，布隆也坐在櫃子上了。

這下子，兩個流浪漢開始害怕起來。他們漸漸明白皮皮不是個普通的小女孩，但是皮箱太誘人了，讓他們忘了害怕。

「一、二、三，衝！」雷公卡爾森大喊，兩個流浪漢便從櫃子上跳下來，朝著手提皮箱的皮皮衝過去。

但是皮皮用食指戳了他們一下，兩個流浪漢就飛出去跌坐在房間的角落。他們還來不及站起來，皮皮就拿來一條繩子，以閃電般的速度綁住這兩個小偷的手腳。

這下子，局勢大大逆轉。

「好心的小姐，」雷公卡爾森開口央求，「請原諒我們，我們只是開開玩笑罷了，請不要傷害我們！我們只是兩個可憐的流浪漢，想進來討點東西吃。」

布隆甚至擠出了幾滴眼淚。

皮皮把皮箱整整齊齊的放回櫃子上，然後轉身面對她抓到的這兩個人。

「你們有誰會跳蘇格蘭舞嗎？」

「喔，」雷公卡爾森說：「我想我們兩個都會跳。」

「噢，太棒了！」皮皮拍了拍手，「我們可以跳一下嗎？我剛剛才學會跳蘇格蘭舞呢。」

「喔，請吧。」雷公卡爾森有點摸不著頭緒。

於是皮皮拿來一把大剪刀，剪斷綁住這兩個不速之客的繩子。

「可是我們沒有音樂。」皮皮發愁的說，但是她想到了一個點子。

「你會不會用梳子和紙[3]吹奏音樂呢？」她問布隆，「會的話，我就可以跟他跳舞了。」她指著雷公卡爾森說。

3 一種簡易的吹奏樂器。在齒梳的部分蓋上一張紙，將嘴脣貼在紙上唱歌或發聲，使紙張震動發出樂曲。

布隆當然會了，現在整棟屋子都能聽見他吹奏的樂曲。尼爾森先生睡眼惺忪的從床上坐起來，看見皮皮和雷公卡爾森在房間裡搖來擺去。皮皮跳得非常認真，充滿了活力，彷彿活著就是要跳舞。

最後，布隆不想再繼續吹奏了，因為梳子把他的嘴脣弄得很癢。雷公卡爾森的腿也痠了，因為他已經在路上走了一整天。

「噢，拜託啦，只要再跳一下就好。」皮皮央求他們繼續跳舞。布隆和雷公卡爾森沒有別的辦法，只好繼續奉陪。

等到凌晨三點的時候，皮皮說：「我可以一直跳到星期四，但是你們可能又累又餓了吧？」

皮皮說得一點也沒錯，但是他們不敢說出口。於是皮皮從食物貯藏室拿來麵包、乳酪、奶油、火腿、牛肉片和牛奶，然後布隆、雷公卡爾森和皮皮就在廚房的餐桌旁坐下，他們大吃特吃，直到肚皮都快撐破了。

皮皮把一些牛奶倒進耳朵裡。

「這對耳朵痛有幫助。」她說。

「可憐的孩子，妳耳朵痛嗎？」布隆問。

「沒有，」皮皮說：「但是將來說不定會痛。」

最後這兩個流浪漢站起來，為這頓豐盛的食物道謝，並且請求皮皮准許他們告辭。

「你們來了真是好玩！你們真的要走了嗎？」皮皮惋惜的說：「我從沒見過有誰像你這麼會跳蘇格蘭舞，我的小乖乖。」

她向雷公卡爾森說。

然後她向布隆說：「你要多練習吹奏梳子，這樣就不會覺得嘴唇癢了。」

等他們走到門口的時候，皮皮又衝了過來，給他們一人一個金幣。

「這是你們老老實實掙來的。」她說。

第九章　皮皮去喝下午茶

湯米和安妮卡的媽媽，邀了幾位女士來家裡喝下午茶。她烘焙了很多糕點，覺得湯米和安妮卡也可以邀請皮皮過來，這樣當天她就不必花太多精神在自己的小孩身上。

湯米和安妮卡聽了很高興，立刻跑去邀請皮皮。皮皮在院子裡，拿著一個老舊生銹的澆水壺，正在替少數幾朵還沒凋謝的花澆水。這天正好下著大雨，湯米就說皮皮實在沒有必要澆花。

「喔，你說得倒輕鬆，」皮皮很不服氣，「我一整夜都躺在床上睡不著，一心期待著早上要起來澆花，所以我不會讓這一點小雨阻止我。你給我記住了！」

這時，安妮卡說出邀請皮皮去家裡喝下午茶的好消息。

「邀我去喝下午茶？」皮皮大喊，緊張得不是把水澆在玫瑰花叢上，而是澆在湯米身上，「噢，這怎麼行！我好緊張啊，要是我表現得沒有禮貌怎麼辦！」

「別擔心，妳會表現得很好。」安妮卡說。

「別這麼有把握，」皮皮說：「我當然會努力，妳可以相信我，但是我常常發現別人覺得我沒有禮貌，雖然我已經盡量表現得有禮貌了。在海上的時候大家沒有那麼講究，但是我向你們保證，今天我會全力以赴，不讓你們丟臉。」

「太好了。」湯米說完，便和安妮卡在大雨中跑回家了。安妮卡在雨傘底下轉頭看向皮皮，大喊：「今天下午三點，別忘了喔！」

下午三點，一位盛裝打扮的小姐走上了通往塞特格林家別墅的臺階，她就是長襪皮皮。

為了這個特別的場合，她把一頭紅髮放下來，像獅子鬃毛一樣披在肩膀上。她用紅筆把嘴巴塗成鮮紅色，用煤灰把眉毛塗黑，看起來感覺有點嚇人。她也用紅筆塗了指甲，還在鞋子上繫上大大的綠色蝴蝶結。

「我想我一定是打扮得最漂亮的客人。」她滿意的喃喃自語，同時按下門鈴。

塞特格林家的客廳裡坐著三位高雅的女士，還有湯米、安妮卡和他們的媽媽。桌上擺著咖啡和豐盛的點心，壁爐裡燃著爐火。幾位女士輕聲交談，湯米和安妮卡坐在沙發上翻著一本相簿，氣氛寧靜安詳。但是這份安詳忽然被擾亂了。

「注意！」

一聲刺耳的呼喊從走廊上傳來，下一刻，長襪皮皮在門口現身了。她喊得這麼大聲又這麼出人意料，把那幾位女士嚇了一大跳。

「齊步走！」下一聲呼喊響起，皮皮踩著有節奏的步伐，走向塞特格林太太。

「立定！」皮皮停下腳步，「手臂向前伸！」她大喊，用兩隻手握住了塞特格林太太的手，並且熱情的搖了搖。

「屈膝！」皮皮喊著，行了個漂亮的屈膝禮。然後她對塞特格林太太露出微笑，用她平常的聲音說：「我很害羞，如果不對自己下達命令，我就會留在走廊上不敢進來。」

說完，她跑向另外幾位女士，親吻了她們的臉頰。

「幸會幸會，真是榮幸。」她曾聽過一位紳士這樣對一位女士說，所以她也有樣學樣。然後，她找了一張最好的椅子坐下。

塞特格林太太本來想讓小孩子去樓上湯米和安妮卡的房間玩，但是皮皮坐著不動，往膝蓋上一拍，看著擺放咖啡和點心的桌子說：

「這看起來真的很棒！我們什麼時候開動？」

就在這時，家裡的女傭艾拉端來了咖啡壺，於是塞特格林太太說：「請用吧！」

「我先！」皮皮大喊著跨了兩個箭步走到桌旁。她把拿得到的蛋糕都堆在盤子上，扔了五塊方糖到咖啡杯裡，再把半壺鮮奶油倒進杯子，才帶著她的戰利品回到座位上。至於那幾位女士，則根本還沒走到桌子旁邊呢。

皮皮伸直雙腿，用腳趾尖夾著蛋糕盤。她塞了滿嘴的蛋糕，就算她再怎麼努力想說話，現在也一句話都說不出來了。她一下子就把盤子上的蛋糕一掃而空，接著站起來敲打空盤，就像在敲著一個鈴鼓。她走向桌子，想看看還有沒有剩下的蛋糕。幾位女士看著她，露出不以為然的表情，但是皮皮沒有察覺。她愉快的嘰嘰喳喳說話，同時繞著桌子走，伸手東拿一塊蛋糕，西拿一塊餅乾。

「你們邀請我來真是太好了，」皮皮說：「我從來沒有參加過下午茶聚會呢。」

桌上擺著一個圓形的鮮奶油大蛋糕，正中央用一朵杏仁糖做的紅玫瑰作為裝飾。皮皮把雙手擱在背後，打量那朵玫瑰花。接著她突然彎下腰，低頭一口咬住那朵杏仁糖玫瑰，但是她彎腰低頭的動作太過急躁，等她再度抬起頭的時候，臉上已經沾滿了鮮奶油。

「哈哈哈，」皮皮笑了，「現在我們可以玩蒙眼抓人的遊戲。我連眼睛都不必蒙，就什麼都看不見了！」

她伸出舌頭，舔掉臉上的鮮奶油。

「那是個糟糕的意外，」她說：「反正這個蛋糕也毀了，乾脆全部吃掉吧。」

她說到做到，拿起蛋糕鏟朝那個蛋糕進攻，沒有多久便把蛋糕吃得一乾二淨。

皮皮心滿意足的拍拍肚子。塞特格林太太剛才在廚房裡，完全不知道這個蛋糕發生了什麼事，但是另外幾位女士用嚴厲的眼神瞪著皮皮，可能是因為她們本來也想吃塊蛋糕。皮皮發現她們看起來很不開心，決定要讓她們高興起來。「別為這麼一件小事難過，」她安慰她們，「身體健康最重要，而且喝下午茶應該要開開心心的。」

她拿起糖罐，把全部的方糖倒在地板上。

「哎呀，糟了，這是在搞什麼鬼！」她尖聲大叫，「我怎麼會錯得這麼離譜？我還以為裡面裝的是糖粉呢。可是倒楣的事一旦發生就沒辦法改變了。」說著，她拿起擺在桌上的糖粉罐，灑了一堆糖粉在地上。

「妳們想，這是用來灑的糖粉，」她說：「所以我這樣做完全有理。我倒想要知道，如果糖粉不能拿來灑，那還要糖粉做什麼

呢？」

「妳們曾經注意到，走在灑了糖粉的地板上有多好玩嗎？」她問那幾位女士。

「當然，如果打赤腳走在上面的話會更好玩，」皮皮一邊說，一邊脫掉腳上的鞋子和襪子，「你們也應該試試看，相信我，很難想像哪裡還有比這更好玩的事。」

這個時候，塞特格林太太走了進來，她看見灑在地上的糖粉，用力抓住了皮皮的手臂，把她帶到坐在沙發上的湯米和安妮卡身邊。塞特格林太太走向那幾位女士，替她們再倒了一些咖啡，才發現那個大蛋糕不見了。她感到很高興，以為是客人覺得蛋糕太好吃，所以才會一掃而空。

皮皮、湯米和安妮卡在沙發上平靜的聊天，壁爐裡的柴火燒得劈劈啪啪響，女士們喝著第二杯咖啡，氣氛又變得平靜安詳。

一如下午茶聚會時偶爾會發生的情況，那幾位女士聊起了家裡的女傭。想來這些女傭都不怎麼樣，因為這幾位女士對家裡的女傭一點也不滿意，她們一致認為根本就不該雇用女傭，最好是凡事都自己動手，這樣至少可以確保一切都做得妥妥當當。

皮皮坐在沙發上聽她們說話，聽了一會兒之後，她說：

「我奶奶家有過一個名叫瑪琳的女傭，除了腳上長了凍瘡之外，她沒有什麼毛病。唯一令人討厭的是，每次一有客人來，她就會跑過去咬住客人的腿，然後像狗一樣狂叫。噢，她的叫聲多麼響亮，連街坊鄰居都聽得見。她這樣做只是因為好玩，但是那些客人不一定總是能夠理解。有一次，一位年老的牧師太太來找我奶奶，那時候瑪琳才剛到奶奶家工作，當她跑過去咬住牧師太太的腿時，牧師太太慘叫一聲，結果瑪琳咬得更用力了，而且她沒有鬆口，一直到星期五都咬著牧師太太不放。那一天，奶奶只垢。有一次，鎮上的飯店舉辦慶祝活動，瑪琳還贏得了髒指甲比賽第一名呢。天哪，那個人還真髒啊！」皮皮說得眉飛色舞。

塞特格林太太瞪了她一眼。

「妳們能夠想像嗎？」格蘭貝格太太說：「最近有一天晚上，我們家的布莉吉休假出門，她居然自作主張，穿走了我的藍色絲質洋裝，這未免太不像話了吧？」

「是啊，的確很不像話，」皮皮說：「聽起來她跟瑪琳是同一款人。我奶奶有一件粉紅色的襯裙，她非常喜歡，問題是瑪琳也喜歡，所以每天早上她們都會為了那件襯裙該給誰穿而吵架。為了公平起見，最後她們講好要輪流穿，可是妳們知道瑪琳有多麼任性嗎？有時候，根本還沒輪到她穿，她也會跑來說：『如果今天不讓我穿那件粉紅色襯裙，就沒有蔬菜糊可吃！』唉，奶奶能怎麼辦呢？蔬菜糊是她最愛吃的餐點，所以她沒有別的辦法，只好讓給瑪琳。瑪琳只要高高興興的拿到了那件衣服，就會乖乖進廚房攪拌蔬菜糊，攪得食材都濺到牆壁上了。」

幾位女士沉默了一會兒，但是亞歷珊德森太太接著說：「我不是很確定，但是我嚴重懷疑我們家的胡爾妲會偷東西。我發現家裡確實少了幾樣東西。」

「瑪琳……」皮皮一開口，塞特格林太太就說：「小孩都到樓上的小孩房去，現在就去！」

「好吧，我只是想要說瑪琳也會偷東西，」皮皮說：「簡直就像是烏鴉一樣，只要是沒有牢牢釘住的東西，她什麼都偷！她通常會在半夜起床稍微偷點東西，否則她就睡不好，這是她說的。有一次她偷了奶奶的鋼琴，把它拖到樓下，塞進她五斗櫃最上層的抽屜。奶奶說她偷東西的本領很好。」

這時候，湯米和安妮卡抓住皮皮的手臂，拉著她走上樓梯。

女士們喝第三杯咖啡的時候，塞特格林太太說：「我倒不是想要抱怨我們家的艾拉，但是我不得不說，她打破了很多瓷器。」

一個紅頭髮的腦袋瓜，忽然從樓梯上探出來。

「再講一下瑪琳的事，」皮皮說：「她打破的瓷器不知道有多少！她會固定在一個星期當中選一天做這件事，每次都是在星期二。奶奶說星期二一大早五點鐘，就能聽見這個女傭在廚房裡砸破瓷器。她先從咖啡杯和玻璃杯這類比較輕巧的東西開始，接著輪到那些深盤子，然後是那些淺盤子，最後是裝烤肉的大盤子和盛湯用的大碗。一整個上午廚房裡都乒乒乓乓響個不停，聽起來真是痛快。奶奶說如果瑪琳下午還有時間的話，她就會拿著小槌子到客廳去，把那些掛在牆壁上的東印度古董盤都敲下來。所以每個星期三，奶奶就得去買新的瓷器。」皮皮說完，就像盒子裡的不倒翁一樣把頭縮了回去，消失在樓梯上方。

可是現在，塞特格林太太的耐心用完了。

她跑上樓梯，跑進小孩房，跑到正在教湯米倒立的皮皮面前。

「如果妳這麼沒有禮貌，」塞特格林太太說：「以後就不准妳再來了。」

皮皮驚訝的看著她，淚水漸漸盈滿了眼眶。

「我早該想到自己沒辦法表現得有禮貌，就算努力也沒有用，我永遠也學不會，我應該要待在海上的。」

說完，她向塞特格林太太行了個屈膝禮，向湯米和安妮卡說了聲再見，然後慢慢的走下樓梯。

這個時候，那幾位女士也要回家了，於是皮皮坐在走廊的鞋架上，看著那幾位女士戴上帽子，穿上大衣。

「妳們對家裡的女傭不滿意，真是可惜，」皮皮說：「妳們應該找個像瑪琳一樣的女傭。奶奶一直說，世界上已經找不到這麼好的女傭了。有一次過聖誕節，瑪琳要把整隻烤乳豬端上桌，你們知道她是怎麼做的嗎？她在食譜裡讀到，把聖誕節的烤乳豬端上桌時，耳朵裡要塞皺紋紙，嘴巴裡要塞一顆蘋果。可憐的瑪琳沒搞清楚，是乳豬的耳朵裡要塞皺紋紙，嘴巴裡要塞蘋果，結果她在聖誕夜走進來的時候，耳朵裡塞著皺紋紙，嘴巴裡塞著一顆大蘋果，你們真該瞧瞧她那副模樣！奶奶對她說：『妳真蠢！』但是瑪琳沒辦法反駁，因為她一個字也說不出來，只能搖動耳朵，弄得那些皺紋紙沙沙作響。她雖然想要說話，但是只能發出『嗚呃嗚呃』的聲音。是啊，對可憐的瑪琳來說，那個聖誕夜一點都不好玩。」皮皮同情的說。

這時候，幾位女士已經穿戴整齊向女主人道別。皮皮跑過去，輕聲對她說：「請原諒我沒辦法表現得有禮貌，再見！」

接著皮皮就戴上她的大帽子，跟在那幾位女士後面離開了。

一個星期天下午，皮皮坐在家裡思考可以找什麼事來做。湯米、安妮卡和他們的爸爸媽媽受邀去別人家喝茶，所以他們今天不會來找皮皮。

這一天，皮皮已經開開心心的做了許多事。她一大早就起床，替尼爾森先生把果汁和小麵包端到床上。看到牠穿著淺藍色睡衣坐在床上，用兩隻手緊緊握住玻璃杯，那個樣子真是可愛。然後皮皮去餵馬、替馬刷毛，還說了一個長長的故事給馬聽，她說的是自己以前去航海旅行的故事。之後她走進客廳，在壁紙上畫了一幅很大的圖畫。她畫了一個胖太太，身穿紅衣裳，頭戴黑帽子，一隻手裡拿著一朵黃色的花，另一隻手則拎著一隻死老鼠。皮皮覺得這幅畫很美，把整個房間裝飾得更亮眼。

然後她坐在五斗櫃旁邊，欣賞她收藏的鳥蛋和蝸牛殼。這讓她想起了她和爸爸蒐集到這些東西的各個奇妙地點，也想起了位

SVA
RÖT

於世界各地的可愛小店，他們在那些店裡買過許多美麗的東西，現在就擺在五斗櫃的抽屜裡。接著，皮皮想教尼爾森先生跳蘇格蘭舞，但是牠不想學。皮皮考慮了一下，想去教那匹馬，但她後來還是決定爬進木箱蓋上蓋子，假裝自己是罐頭裡的一條沙丁魚。可惜湯米和安妮卡不在，不然他們也可以一起當沙丁魚。

現在天黑了。皮皮把她長得像馬鈴薯的小鼻子貼在玻璃上，看著窗外秋天的黃昏。這時，她想起自己已經好幾天沒有騎馬了，於是決定現在就去騎馬，愉快的結束這個美好的星期天。皮皮戴上她的大帽子，接了正坐在角落裡玩彈珠的尼爾森先生，替馬裝上馬鞍，再把馬從門廊上抬下來，然後就出發了。尼爾森先生坐在皮皮的肩膀上，皮皮則騎在馬背上。

外面的天氣相當寒冷，路面結了冰，他們騎馬經過的時候，發出了嗶嗶波波的聲響。尼爾森先生坐在皮皮的肩膀上，想抓住幾根路樹的樹枝，但是皮皮騎得太快，牠根本抓不住，其中還有幾次，牠被從旁掠過的樹枝狠狠打到了耳朵，而且牠得緊緊抓住草帽，帽子才不會從牠頭上掉下來。

皮皮騎馬穿過小鎮，當她呼嘯而過的時候，路上的行人都驚慌的緊貼著屋牆閃避。

小鎮上當然有市集廣場，廣場上那棟漆成黃色的小房子就是鎮公所，旁邊還有好幾棟古色古香的漂亮平房。那裡也有一棟大房子，是三層樓的新建築，高度比鎮上其他的房子都高，所以被稱為「摩天大樓」。

在這樣一個星期天的黃昏，小鎮顯得十分寧靜安詳。但是忽然有人大聲呼喊，打破了這份寧靜。

「失火了！失火了！摩天大樓起火了！」

鎮上的居民從四面八方跑來，眼裡滿是驚慌，一輛消防車一路鳴笛穿過街道，鎮上的小孩平常看見消防車總是很興奮，這時卻嚇哭了，因為他們以為自己家也要著火了。

一群人聚集在摩天大樓前的市集廣場上，警察試圖驅散人群，好讓消防車順利通過。熊熊烈焰從摩天大樓的窗戶竄出來，消防隊員籠罩在濃煙和火花裡，卻勇敢的設法把火撲滅。

起火地點在一樓，但是火勢很快就延燒到樓上。這時聚集在廣場上的人群忽然看見了什麼，使得他們驚慌失措的大叫起來。那棟房子的頂樓，就在屋頂的下方有一個房間，有個小孩剛剛用小手打開了窗戶，現在有兩個小男孩站在窗前大聲呼救。

「我們出不去，有人在樓梯放火！」年紀比較大的小男孩大喊。

那個小男孩五歲，弟弟則比他小一歲。他們的媽媽出門了，現在只有兄弟倆在樓上。許多聚集在廣場上的人哭了起來，消防隊長看起來憂心忡忡。消防車上雖然有梯子，但是搆不到那麼高的的方，要進去屋裡把兩個小孩救出來是不可能的任務。

大家明白他們幫不了那兩個小孩，廣場上的人都感到很絕望。那兩個可憐的小傢伙站在樓上哭泣，再過幾分鐘，火勢就會延燒到閣樓了。

皮皮也在廣場的人群當中，她坐在馬背上，津津有味的看著那輛消防車，考慮要不要也買一輛。她非常喜歡這輛車子，因為車身是紅色的，而且在路上行駛的時候會發出響亮的聲音。然後她看著熊熊烈火，當幾粒火星落在身上的時候，她覺得那很美。

終於，她也注意到閣樓裡的兩個小男孩了，皮皮驚訝的發現，他們似乎並不覺得這場火有什麼好玩。

她想不通的詢問站在身旁的人，「那兩個小孩為什麼哭啊？」

起初那些人只能用啜泣來回答，後來有一個胖先生說：

「妳說呢？如果是妳站在上面下不來，難道妳不會哭嗎？」

「我從來不哭，」皮皮說：「如果他們真的想要下來，為什麼沒有人去幫忙呢？」

「當然是因為沒有辦法幫忙啊。」胖先生回答。

皮皮想了一下。

「有人能拿一條長繩子來嗎？」她問。

「這有什麼用？」胖先生說：「那兩個孩子年紀太小，沒辦法抓著繩子爬下來。再說，妳要怎麼把繩子送上去？」

「噢，我可是在大海上航行過呢，」皮皮冷靜的說：「我想要一條繩子。」

沒人相信繩子會有什麼用處，但是不管怎麼樣，皮皮還是拿到了一條繩子。

在摩天大樓的附近有一棵大樹，樹梢跟閣樓的窗戶差不多一樣高，但是那棵樹和窗戶之間距離至少有三公尺，而且樹幹光滑，沒有能踏腳的方，就連皮皮也沒辦法爬上去。

烈火熊熊燃燒，閣樓上的兩個小男孩在哭叫，廣場上的人群也在流淚。

皮皮下馬走到那棵樹旁邊，然後把繩子緊緊綁在尼爾森先生的尾巴上。

「現在，你要當皮皮的勇敢手下。」她把尼爾森先生放到樹幹上，輕輕推了牠一把。尼爾森先生很清楚自己該做什麼，聽話的沿著樹幹往上爬。對一隻猴子來說，爬樹算不上什麼本領。

廣場上的人全都屏氣凝神的看著尼爾森先生。沒多久，牠就爬上了樹梢，坐在一根枝椏上低頭看向皮皮。皮皮向牠招手，要牠再爬下來。尼爾森先生聽令照辦，但是這回牠是從另一邊爬下來，於是繩子繞過了那根枝椏。等到尼爾森先生爬下來，那條繩子已經兩端垂地的掛在枝椏上了。

「你真聰明，尼爾森先生，你隨時都可以去當教授。」皮皮一邊說，一邊解開綁在尼爾森先生尾巴上的繩結。附近有一棟房子正在整修，皮皮跑過去找到一塊長木板。她把木板夾在手臂下，跑到那棵樹下，用空著的那隻手抓住繩子，再用雙腳蹬在樹幹上，敏捷的往上爬。人們不再哭泣，看著眼前的畫面目瞪口呆。等皮皮爬上樹梢，她把木板架在一根很粗的枝椏上，再小心翼翼的朝那個閣樓房間的窗戶推過去。現在，這塊木板就像一座架在樹幹和窗戶之間的橋梁。

廣場上的人群一動也不動的呆呆站著，緊張得說不出話來。皮皮爬到木板上，對閣樓窗邊的兩個小男孩露出和氣的笑容。「你們怎麼愁眉苦臉的！」她說：「你們肚子痛嗎？」

她從木板上跑過去，跳進那個閣樓房間。

「這裡真熱啊，」她說：「我保證這裡不必再生火了，明天也頂多在爐子裡添四塊柴火就夠了。」

接著她一手抱起一個小孩，再次爬回那塊木板上。

「現在你們總算可以玩一下了，」她說：「這幾乎就像走鋼索一樣。」

皮皮走到木板中央時抬起了一條腿，就像在馬戲團表演那樣，下方廣場上的人群看得發出一陣驚呼。一會兒之後，皮皮的一隻鞋子掉了下去，把幾位老太太嚇得昏厥，但是她依然帶著那兩個小男孩，平安無事的抵達樹上。這時，下方的人們都大喊「萬歲」！就像一陣雷鳴響徹了黑暗的夜空，蓋過了劈劈啪啪的燃燒聲。

皮皮拉過繩子，把其中一端緊緊綁在樹枝上，再把一個小男孩綁在另一端，小心翼翼的讓他垂降到地面。小孩的媽媽站在廣場上，她高興極了，立刻撲過去摟住她的小孩，流著眼淚緊緊抱住了他。

可是皮皮大喊：

「快解開繩子！樹上還有一個小孩呢，他又不會飛！」

於是幾個人幫忙打開繩結，替那個小男孩鬆綁。皮皮的繩結打得真牢！這是她在海上學會的。

皮皮再把繩子拉上去，把另一個小男孩也放下來。

現在只剩下皮皮一個人在樹上了。她跑到那塊木板上，大家都抬起頭來看著她，緊張的看她還想做什麼。皮皮在那塊狹窄的木板上跳起舞來，以優美的姿勢擺動一雙手臂，還用沙啞的聲音唱著歌，不過廣場上的人群幾乎聽不見，她唱的是：

大火燒啊燒，

火光多燦爛，
像是千萬個火圈在燃燒。
它為了你燃燒，
也為了我燃燒，
伴隨著我們的舞蹈燃燒！

她唱歌的時候舞動得愈來愈狂野，廣場上許多的人都嚇得閉上眼睛，因為他們以為皮皮會摔下來。閣樓房間的窗戶竄出大片火焰，在火光中，大家能清清楚楚的看見皮皮。她把手臂舉向夜空，當一大片火星像雨水一樣落在她身上時，皮皮大喊：

「這場火真是好玩、好玩、太好玩了！」

然後她跳過去抓住繩子。

「嘿！」她大喊一聲，像一道閃電一樣落在地上。

說。

「讓我們替長襪皮皮歡呼四次！皮皮萬歲！」消防隊長大聲

「萬歲、萬歲、萬歲、萬歲！」大家齊聲大喊，不過有一個

人喊了五次，那個人就是皮皮。

有一天，湯米和安妮卡在信箱裡發現了一封信，上面寫著「ㄊㄤ米和安尼卡收」。他們打開信封，發現了一張卡片，上面寫著：

ㄊㄤ米和安尼卡來皮皮家ㄍㄨˋㄛ生日，明天下午。
ㄈㄨˊ ㄓㄨㄤ：ㄙㄨˊㄟ便你們。

湯米和安妮卡高興得蹦蹦跳跳，還跳起舞來。雖然卡片寫得有點奇怪，但他們還是明白卡片上寫了什麼。

寫這張卡片費了皮皮很大的力氣。雖然上次在學校她沒有認出字母i，但她其實還是勉強能寫幾個字。皮皮在海上航行的時候，有一位名叫佛里多的水手，偶爾會在晚上和她一起坐在後甲板上，試著教她寫字。

可惜皮皮不是很有恆心，學到一半她會忽然說：

「不要了啦，佛里多，不要再學什麼寫字了。現在我要爬到桅杆頂上，去看看明天的天氣會怎麼樣。」

所以，也難怪皮皮不太會寫字了。為了寫這張邀請卡，她絞盡腦汁、整晚熬夜，等到黎明時分，當亂糟糟別墅屋頂上方的星星漸漸消失，她才偷偷溜到湯米和安妮卡家，把那封信塞進信箱。

湯米和安妮卡一放學回家，就開始為參加慶生會而打扮。

安妮卡請媽媽替她把頭髮

弄捲，媽媽還替她在頭髮上綁了一個粉紅色的大蝴蝶結。湯米用弄溼的梳子梳頭髮，讓頭髮服服貼貼。他可不希望頭髮捲捲的！

安妮卡想要穿上她最好的洋裝，但是媽媽說沒有必要，因為安妮卡每次從皮皮家回來的時候，身上很少是乾淨整潔的，所以安妮卡只好穿上她第二好的洋裝。湯米沒有那麼在乎要穿哪件西裝，只要看起來還不錯就行了。

他們當然也替皮皮買了禮物。他們從撲滿裡拿了錢，在放學回家的路上，到一家玩具店買了一個很棒的……嗯，至於他們買了什麼，暫時還要保密。

禮物用綠色的包裝紙包著，並且綁上了緞帶，等兄妹倆準備好，湯米便拿起禮物和妹妹一起出門，他們的媽媽還在身後叮嚀他們不要弄髒了衣服。

有一小段路是由安妮卡拿著禮物，他們講好了，送禮物給皮皮的時候，要兩個人一起拿。

十一月天黑得很早，當湯米和安妮卡穿過亂糟糟別墅的庭院大門時，他們緊緊握住彼此的手，因為皮皮家的院子已經很暗了，幾棵老樹上還沒有掉光的樹葉正在落下，發出窸窸窣窣的聲音。

「秋天的聲音。」湯米說。

他們看見亂糟糟別墅的窗戶亮著燈光，知道自己將在那裡慶祝皮皮的生日，感覺更加美好了。

平常湯米和安妮卡都是從廚房的出入口進屋，但是他們今天決定要從大門進去。那匹馬不在門廊上，湯米有禮貌的敲了敲門，聽見門後有人用低沉的聲音嘀咕：

是誰在黑夜裡到我家？

是鬼嗎？

還是一隻可憐的小老鼠？

「不是啦，皮皮，是我們！」安妮卡大喊：「開門啊！」

這時皮皮把門打開。

「噢，皮皮，妳為什麼要講到鬼呢？弄得我好害怕。」安妮卡完全忘了要祝賀皮皮生日快樂。

皮皮開心的笑了，打開通往廚房的門。

噢，能夠再度走進溫暖明亮的地方真是太好了！

慶生會將在廚房舉行，因為那裡最舒服。一樓還有兩個房間，一間是只擺了一件家具的客廳，另一間則是皮皮的臥室。廚房又大又寬敞，而且皮皮把它布置得整齊漂亮。她在地上鋪了地毯，還在桌上鋪了一條自己縫的新桌巾。兄妹倆覺得桌巾上繡的花朵看起來很奇怪，不過皮皮說那是生長在印度內陸的花朵，一點也不奇怪。屋內拉上了窗簾，爐子裡燃燒的火堆正在劈啪作響。

尼爾森先生坐在木箱上，把兩個鍋蓋當成銅鈸敲打。那匹馬站在廚房角落，牠當然也有受邀參加慶生會。現在湯米和安妮卡總算想起來，他們應該要先祝賀皮皮。湯米向皮皮鞠躬，安妮卡則行了個屈膝禮，然後他們把那個用綠色包裝紙包好的禮物遞給皮皮，說：「祝妳生日快樂！」

皮皮說了謝謝，興奮的拆開包裝紙。盒子裡面是一個音樂盒！皮皮簡直樂瘋了。她摸摸湯米，也摸摸安妮卡，再摸摸那個音樂盒，一首旋律叮叮咚咚的響起，聽起來像是〈當我們同在一起〉。

皮皮一次又一次的轉緊音樂盒的發條，似乎把其他事情全都忘光了。但是她忽然想到一件事。「親愛的朋友，你們也該拿到生日禮物。」她說。

「可是今天根本不是我們的生日啊。」湯米和安妮卡說。

皮皮驚訝的看著他們。

「今天是我生日，我總可以也送你們一點東西吧！還是說你們的課本裡規定不准這樣做？這跟那個『久久纏法』有什麼關係嗎？」

「沒有啦，當然可以，」湯米說：「只是大家平常不會這麼

做。我很樂意收到禮物。」

「我也一樣！」安妮卡說。

於是皮皮跑進客廳，把兩個放在五斗櫃上的小包裹拿過來。湯米打開他的小包裹，發現裡面有一支象牙做的短笛；安妮卡拿到一個蝴蝶形狀的美麗胸針，翅膀上鑲著紅色、綠色和藍色的石頭。

大家都拿到生日禮物之後，就該上桌吃蛋糕了。桌上擺著很多蛋糕和肉桂捲，蛋糕的形狀很奇怪，但是皮皮說中國的蛋糕就是這種形狀。皮皮把熱巧克力和鮮奶油倒進杯子，現在大家應該要坐下來了，可是湯米說：「爸爸和媽媽請客的時候，男士都會拿到一張卡片，上面寫著他們該替哪一位女士帶位，我覺得我們也應該這麼做。」

「我沒意見。」皮皮說。

「這對我們來說不太好安排，因為這裡只有我一位男士。」湯米猶豫的說。

「亂講，」皮皮說：「難道你以為尼爾森先生是小姐嗎？」

「啊，當然不是，我把尼爾森先生給忘了。」湯米在木箱上坐下，並且在一張卡片上寫著：

請塞特格林先生帶領長襪小姐入座。

「塞特格林先生就是我啦。」他滿意的說完，然後把卡片拿給皮皮看，接著又在另一張卡片上寫：

請尼爾森先生帶領塞特格林小姐入座。

「好，但是那匹馬也要有一張卡片，」皮皮堅持，「就算牠不能一起坐在桌子旁邊。」

於是湯米按照皮皮的指示，在另一張卡片上寫下：

請那匹馬繼續站在角落，那牠就有糖和蛋糕可吃。

皮皮把卡片拿到馬的鼻子下方說：

「你讀一下，然後告訴我你的感想。」

因為那匹馬沒有意見，於是湯米伸出手臂讓皮皮挽著，把她帶到座位上。尼爾森先生沒有要替安妮卡帶位的意思，於是安妮卡乾脆把牠抱起來，把牠帶到餐桌旁。但是尼爾森先生不肯坐在椅子上，而是直接坐在桌子上。牠也不想喝熱巧克力加鮮奶油，但是當皮皮把水倒進牠的杯子裡，牠就用兩隻手握住杯子喝了。

安妮卡、湯米和皮皮吃吃喝喝，安妮卡說，如果中國有這種蛋糕，那她長大以後就要搬到中國去。

尼爾森先生把水喝光後，就把杯子倒過來戴在頭上。皮皮看見了，也跟著依樣畫葫蘆，可是她還沒有把杯子裡的熱巧克力喝光，於是一條細細的巧克力流到她的額頭和鼻子上，不過皮皮伸出舌頭，阻止了它繼續往下流。

「一點也不能浪費。」她說。

湯米和安妮卡先把杯子舔得乾乾淨淨，才把杯子戴在頭上。

等到大家都吃飽喝足，那匹馬也吃掉了牠的份，皮皮便迅速抓住桌巾的四個角，一把拎了起來，使得杯子、盤子就像落進一個麻袋裡一樣叮鈴匡啷撞成一團。然後，皮皮把整包東西塞進了木箱。

「我喜歡一吃完東西就收拾。」她說。

現在他們想要玩遊戲了。皮皮提議玩一個叫作「腳不碰地」的遊戲。這個遊戲很簡單，就是在廚房裡繞一圈，但是不准把腳踩在地上。皮皮輕而易舉的辦到了，但是湯米和安妮卡也很厲害。他們先從洗碗槽出發，只要腿伸得夠長，就能爬到爐臺上，再從爐臺爬上木箱，從木箱經過帽架再爬到桌子上，然後從桌子經過兩張椅子爬上角落的櫃子。櫃子和洗碗槽之間的距離大約有

幾公尺，幸好那匹馬就站在那裡，如果從馬尾爬上馬背，再從馬的頭上溜下去，抓準適當的時機縱身一躍，就會剛好降落在洗碗槽裡。

他們玩了好一會兒，安妮卡的洋裝已經不是她第二好的衣服了，而是第三好、第四好、第五好的了，而湯米則像掃煙囪的人一樣黑溜溜的。他們決定玩點別的遊戲。

「我們要去閣樓上拜訪那些鬼嗎？」皮皮問。

安妮卡嚇壞了。「閣樓上有……有鬼嗎？」她問。

「這還用問，多得很呢！」皮皮說：「閣樓上有各式各樣的鬼怪，多到妳會直接絆倒在它們身上。我們要上去嗎？」

「噢。」安妮卡帶著埋怨的表情看著皮皮。

「媽媽說過沒有鬼怪這種東西。」湯米很篤定的說。

「是沒錯，」皮皮說：「除了這裡以外，別的地方都沒有，因為世界上所有的鬼怪都住在我家閣樓，而且拜託它們搬走也沒用。可是它們並不危險，頂多只會把你的手臂掐得一塊青一塊紫。然後它們會大聲嚎叫，還會用它們的腦袋來打保齡球。」

「用……用它們的腦袋來打保齡球？」安妮卡小聲的說。

「對啊，這就是它們會做的事，」皮皮說：「來吧，我們去閣樓上和它們聊一聊，我的保齡球打得很棒喔。」

湯米不想表現出心裡的害怕，而且他也很想看見鬼，這樣一來，他就可以在學校跟那些男生炫耀了！他安慰自己，那些鬼怪大概不敢靠近皮皮，所以他決定跟皮皮一起上去。

可憐的安妮卡無論如何都不想上去，但是她又想到，如果自己一個人待在廚房，說不定會有一個小小的鬼溜下來找她，到時候該怎麼辦呢？所以她決定一起去閣樓，和皮皮、湯米一起面對幾千個鬼怪，勝過她獨自一人和最小、最小的鬼一起待在廚房裡。

皮皮走在最前面，她打開通往閣樓樓梯的門，門後一片漆黑。湯米緊緊抓著皮皮，安妮卡把湯米抓得更緊。現在他們走上樓梯，每走一步，樓梯就吱吱嘎嘎響，湯米有點後悔，心想是不是待在樓下比較好？安妮卡想都不必想，她本來就覺得待在樓下比較好。樓梯終於走到了盡頭，他們站在閣樓上，那裡黑漆漆的，只有一束微小的月光斜斜照在地板上。風從縫隙吹進來，每個角落都颼颼作響。

「嗨，所有的鬼，你們好啊！」皮皮大聲說。

可是就算閣樓裡有鬼，他們也沒有回答。

「我應該要想到的，」皮皮說：「它們去參加鬼怪協會的理事會了。」安妮卡發出一聲嘆息，鬆了一口氣，希望那場會議還要開很久。可是就在這一刻，一個嚇人的聲響從閣樓的角落傳來。

「嗖」的一聲，湯米看見有個東西在黑暗中朝他撲過來，同時感覺一陣涼風掠過他的額頭，一個黑影消失在一扇敞開的小窗戶裡。湯米大叫尖聲：「有鬼！有鬼！」

安妮卡也跟著尖叫起來。

「那個可憐鬼，開會遲到了啦，」皮皮說：「如果那真的是鬼，而不是一隻貓頭鷹。順便告訴你們，世界上根本沒有鬼啦。」過了一會兒，她繼續說：「我愈想就愈相信那是一隻貓頭鷹。要是有誰說這世上有鬼，我就扭歪他的鼻子。」

「喔，是妳自己說有鬼的啊。」安妮卡說。

「真的嗎？那我就要把我自己的鼻子扭歪！」

於是皮皮抓住自己的鼻子扭了一圈。

現在湯米和安妮卡比較安心了，他們甚至有勇氣走到窗前，往下看亂糟糟別墅的庭院。大片烏雲從天邊飄過，想盡辦法遮住月光，樹木沙沙作響。

湯米和安妮卡轉過身。而在那裡——噢，好可怕啊！——他們看見一個白色的身影朝他們走過來。

「鬼！」湯米驚慌的大叫。

安妮卡嚇到叫不出聲。那個身影愈來愈靠近了，湯米和安妮卡緊緊抱在一起，閉上了眼睛。這個時候，他們聽見那個鬼魂說：

「你們看我找到了什麼！我爸的睡衣放在那邊那個老舊的木箱裡，那是船上的水手用的。只要改短一點，我就能穿了。」

皮皮穿著那件長睡衣朝他們走過來，睡衣太大，鬆鬆垮垮的裹著她的腿。

「噢，皮皮，我差點就嚇死了。」安妮卡說。

「喔，可是睡衣並不危險啊，」皮皮一本正經的說：「它們只有在受到攻擊的時候才會咬人。」

現在皮皮決定仔細檢查一下那個水手用的木箱。她把木箱搬到窗邊，掀開了蓋子，讓微弱的月光照亮裡面的東西。箱子裡有好幾件舊衣服，皮皮把它們扔在地板上。另外還有一個望遠鏡、幾本舊書、三把手槍、一把劍和一袋金幣。

「乖乖隆的咚。」皮皮心滿意足的說。

「好刺激喔！」湯米說。

皮皮用那件睡衣把所有東西都包起來，接著他們又下樓回到廚房。安妮卡很高興能夠離開閣樓。

「絕對不能讓小孩子拿到武器，」皮皮拿著一把手槍說：「否則很容易就會發生意外。」說著，她把槍口對著天花板，同時扣下了兩把槍的扳機。

「槍聲真響亮。」她一邊說一邊看向天花板，可以看見子彈射入的地方有兩個洞。

「誰知道呢，」她滿懷希望的說：「也許子彈穿透天花板，打中了一個鬼的腿。這可以給那些鬼一個教訓！如果下次他們又想嚇唬可憐無辜的小孩，也許會先考慮一下。就算沒有鬼，也不必把大家嚇個半死。對了，你們想要一人有一把手槍嗎？」她問。

湯米很興奮，安妮卡也想要一把，只要槍裡沒有裝子彈就行。

「如果我們願意，現在就可以去當海盜，」皮皮說著，同時把望遠鏡拿到眼睛前面，「用這個望遠鏡，我幾乎可以看見南美洲的跳蚤。我們在海上航行的時候，望遠鏡大大派得上用場。」

就在這時，屋外響起了敲門聲，是湯米和安妮卡的爸爸來接他們回家，說上床睡覺的時間早就到了。湯米和安妮卡只好趕緊向皮皮道謝，拿著他們收到的禮物——那支短笛、胸針還有手槍——說了聲再見，便回家去了。

皮皮陪她的客人走到門廊上，目送他們沿著院子的小路走出去。他們轉過身來，向皮皮揮手。

屋子裡的燈光照在皮皮身上，她站在那裡，頭上是兩條硬邦邦的紅色髮辮，身上穿著她爸爸的睡衣，睡衣鬆鬆垮垮的裹著她的腿，她一手拿槍一手拿劍，展示著手中的武器。

當湯米、安妮卡還有他們的爸爸走到院子門口時，皮皮似乎在他們身後喊了些什麼。他們停下來，豎起耳朵仔細聽，但是樹葉沙沙作響的聲音，讓他們幾乎聽不清楚。但是皮皮又說了一次，這一次他們聽清楚了。

「我長大以後要當海盜！」皮皮大喊：「你們呢？」

世界經典書房
長襪皮皮

作　　者　阿思緹・林格倫（Astrid Lindgren）
繪　　者　英格麗・凡・奈曼（Ingrid Vang Nyman）
譯　　者　姬健梅
封面設計　達　姆
協力編輯　葉依慈
責任編輯　巫維珍

國際版權　吳玲緯
行　　銷　闕志勳　吳宇軒　余一霞
業　　務　李再星　李振東　陳美燕
編輯總監　劉麗真
事業群總經理　謝至平
發 行 人　何飛鵬
出　　版　小麥田出版
地址：115台北市南港區昆陽街16號4樓
電話：(02)2500-0888　傳真：(02)2500-1951
發　　行　英屬蓋曼群島商家庭傳媒股份有限公司城邦分公司
地址：115台北市南港區昆陽街16號8樓
網址：http://www.cite.com.tw
客服專線：(02)2500-7718｜2500-7719
24小時傳真專線：(02)2500-1990｜2500-1991
服務時間：週一至週五09:30-12:00｜13:30-17:00
劃撥帳號：19863813　戶名：書虫股份有限公司
讀者服務信箱：service@readingclub.com.tw
香港發行所　城邦（香港）出版集團有限公司
地址：香港九龍土瓜灣土瓜灣道86號順聯工業大廈6樓A室
電話：+852-2508-6231　傳真：+852-2578-9337
馬新發行所　城邦（馬新）出版集團【Cite(M) Sdn. Bhd】
地址：41, Jalan Radin Anum, Bandar Baru Sri Petaling,
57000 Kuala Lumpur, Malaysia.
電話：+6(03) 9056 3833　傳真：+6(03) 9057 6622
讀者服務信箱：services@cite.my
麥田部落格　http://ryefield.pixnet.net
印　　刷　漾格科技股份有限公司
初　　版　2023年4月
初版三刷　2024年8月
售　　價　300元

ISBN 978-626-7281-00-0
EISBN 9786267281048 (epub)

國家圖書館出版品預行編目資料

長襪皮皮. 1／阿思緹・林格倫（Astrid Lindgren）著；英格麗・凡・奈曼（Ingrid Vang Nyman）繪；姬健梅譯. -- 初版. -- 臺北市：小麥田出版：英屬蓋曼群島商家庭傳媒股份有限公司城邦分公司發行, 2023.04
面；　公分. --（故事館）
譯自：Pippi longstocking
ISBN 978-626-7281-00-0（平裝）

881.3596　　112000088